魍魎世界

社會經濟動態
受著一群人渣的影響

張恨水 著

現在的商人，藉著抗戰的機會，
吸著人民未曾流盡的血以自肥。

目錄

目錄

抬轎者坐轎

次晨起床，西門太太想起了約會，想起陪二奶奶遊山事大，匆匆的梳洗畢，喝了茶，吃著乾點心，就叫劉嫂去找轎子。劉嫂道：「太太吃了午飯再走吧。床上，椅子上，樓板上，都堆了個稀扒亂。太太走了，丟了東西，我負不起這個責任。」西門太太向自己床上看看，新舊衣服在床頭邊，堆了有兩尺高，零用東西，磁器和五金的，擺舊貨攤子一般，陳列在桌子下面，還有些鞋子、襪子、化妝品之類，又堆在椅子上。她站著凝了一凝神，將一口空皮箱拖在屋子中間，將床上衣服整抱的放進箱子裡去，看著高出了箱子口，合不攏蓋子，就抽出兩件棉衣，丟在床上，和麵粉一般，胡亂將衣服塞平，跪在箱蓋上，將箱子合攏了，再扯出床上一床包單，鋪在樓板上，把那兩件舊棉衣和椅子上的細軟都包在其中，打了一個大包袱。桌子下面那些東西，那就不收拾了，有的擺出了桌子腳的，伸著腳將它向裡撥撥。回頭望見劉嫂，因道：「我走了，你把這裡房門一鎖就是。」劉嫂道：「太太哪天回來？」她道：「這個我哪裡說得定？二奶奶那個脾氣，高興，她可以玩十天八天，不高興，說不定今天下午就會回來的。快去給我叫轎子吧！」劉嫂也正和她女主人一樣，覺得陪了女財神遊山，比收拾東西預備搬家，那要重要十倍，再經過了主人這一次催促，就無須考慮了，立刻出門去叫轎子。西門太太一有了走的念頭，恨不得立刻就走，因覺得劉嫂去叫轎子，已有了很久的時間，就銜了一支菸卷站在樓欄杆邊向下望著出神。

門外一陣嘈雜聲，她以為是劉嫂將轎子找來了，便大聲叫道：「找轎子比向外國買飛機還難嗎？」樓廊下有人笑道：「這地方找轎子，反正不比闊人坐飛機容易。」她很驚異著這聲回答，向下看時，來的不是劉嫂，卻是區家大少爺亞雄。便笑道：「實在是稀客，是什麼一陣風，把大先生吹了來呢？」

亞雄手上拿著舊呢帽子，兩手拱了兩下，笑道：「我自己都覺著來得有點意外。還好，還好，我以為西門太太還未必在家呢！」她笑道：「這樣說，倒是專程而來了。請裡面坐，我也正有事請教呢！」亞雄走到外面客室裡坐下，見沙發上搭著她的大衣，桌角上放著她的皮包，因道：「西門太太，就要出門嗎？」她進屋來沒有坐著，站在桌子角邊笑道：「正是騎牛撞見親家公，我立刻就要走，劉嫂已經喊轎子去了，怎麼辦呢？」亞雄道：「我來拜訪的事很簡單，一句話可以說完。我先問問西門太太，有什麼事要我作的嗎？」她笑道：「這件事，想你們闔府都不會怎麼拒絕，我打算搬到溫公館去住，還有一點動用東西和劉嫂這個人，不便一路帶去作客，我想連人帶東西，一齊寄居在你們那個疏建村裡。伙食讓劉嫂自作，我會給她預備一切，只是要求府上給她一個搭鋪板的地方。」亞雄笑道：「我們那裡一幢草房，至少還可以多出兩間，最好連西門太太也搬去住，我們再作老鄰居。劉嫂一個人去，我敢代表全家，一定歡迎，這簡直用不著和我們商量，隨時搬去就是。西門太太過江去嗎？」她隨便道：「不，有點兒事，要到附近走一趟，我們再能作上鄰居，真是榮幸得很，改日我親自到府上去接洽這件事。今天我有點要緊的事，不能留你在這裡吃頓便飯，倒是抱歉之至！」亞雄笑道：「那無須客氣，我也有點要緊的事呢。請問，這裡到梅莊去，還有多遠？」西門太太不覺望了他道：「你也有工夫到梅莊去看看梅花？」亞雄笑著搖搖頭道：「我也配！我向溫公館透過電話，聽說我們那位本家小姐隨二奶奶逛山去了。她的先生由貴陽來了電報，說是他押的車子，已經到了，就在今天下午開到海棠溪。有了這個訊息，我不能不追到梅莊去通知她一聲。」

西門太太道：「那你就不用去了，我替你帶個口信去吧。」正說著，劉嫂在樓下就叫著：轎子來了！「亞雄聽了這話，也就無須人家下逐客令，拿著帽子便站起來道：到梅莊去怎麼走？」西門太太望了他，臉上紅紅的，微笑了一笑道：「實對你說，我並沒有什麼了不得的事，就是應了二奶奶之約，到梅莊去看梅花。我們哪裡又會有什麼要緊的事呢？大先生坐了轎子來的，為什麼把轎子打發走了呢？這裡到梅莊，還有五六里呢！有我給你帶口信，你就不必去了。」

亞雄手裡盤著那頂破舊的呢帽，躊躇了一會，笑道：「我既請得了一天假，過江去，也不會再到機關裡去上工，偷得這半日閒，去看看不要錢的梅花也好。我們這窮公務員兩條腿，還值錢嗎？轎子不必了。西門太太有轎子在前走，我跟著跑吧！」西門太太笑道：「你客氣，令弟現在發洋財了，這也不管他，我請你坐轎子就是。」亞雄看她臉上有一種猶豫的樣子，必是感到主人坐轎子去，客人跟在後面跑，有些不好意思，便道：「一路走，一路找轎子吧。」

西門太太上了滑竿，亞雄就跟在後面走，邊走邊聽著轎伕們的談話，覺得雖是粗魯一點，卻也有味。只聽轎伕報告鄉下地主狀況。不久，其有一個說道：「我家那壩子上姓楊的弟兄兩個，收一百四五十擔穀子，今年子變成幾十萬咯！」另一個道：「運氣來了，人會坐在家裡發財。」後面的道：發財是發財，有了錢人就變了樣。弟兄兩個，天天扯皮。老大這個龜兒，請了大律師，硬是在法院裡告了他老么一狀。」前面的人道：「這個楊老么，朗格做？」後面的轎伕還沒有答言，這時迎面來了一乘轎子，轎子上有人答道：「哪一位？」

來往的轎子，相遇到一處，在喊著左右兩靠的聲中，轎伕們停止了說話。那個坐在滑竿上的人，還不曾中止了他的疑問，只管向這裡看著，及至看到亞雄隨在滑竿後面，他立刻叫著停下。滑竿停下來了，他取下頭上的呢帽子，連連向亞雄作了兩個揖道：「區先生到哪裡去？好久不見。」亞雄回禮，向他臉上注視，卻不認得他。他似乎也感到亞雄不會認識他，便笑道：「我就是楊老么，你們府上那回被災，我還幫過忙。」亞雄看了他面孔，想了一想。老楊麼笑道：「再說一件事，你就記得了。那個宗保長起房子，硬派了我幫忙，我打擺子打得要死，蒙你家老太爺幫了我一個大忙，把轎子送我回去。」亞雄「哦」了一聲，想起來了，他正是抬轎的楊老么。沒想到半年工夫，他自己也坐起轎子來了。

這樣想時，向他身上看去，見他穿著人字呢大衣，罩在灰布中山裝上，足下登著烏亮的皮鞋，手上捧著的那頂呢帽子，還是嶄新的。看他這一身穿著，不是有了極大的收入是辦不到的。於是向他點著頭笑道：「這久不見楊老闆，發了財了。」他笑著搖搖頭道：「說不上，說不上！剛才我聽說有人叫楊老么，我以為是叫我哩！」亞雄笑道：「事情是真巧，那兩個轎伕閒談，談到一個和楊老闆同姓同名的人，沒有想到正碰著了你。」楊老么道：「我正要尋區先生，一時找不著，今天遇到了，那是很好。府上現在搬到哪裡？」亞雄並沒有想到和他談什麼交情，便說搬到鄉下疏建村去了。楊老么並不放鬆，又追問了一番門牌，便將兩手舉了帽子道：「好，二天到公館裡去看老太爺。區先生到啥子地方去？」亞雄道：「到梅莊去，我還不認得路呢。」

楊老么回過頭去，就向抬自己的那轎伕道：「你們不要送我了，我自己會過河，你們送這位區先生到梅莊去。你們若是趕不到河那邊吃午飯的話，就在河這邊吃。」說著在身上掏了幾張鈔票交給一個換班的散手轎伕。亞雄道：「楊老闆，你不用客氣，我雖是城裡人，走路倒還是我的拿手。」楊老么道：「區先生，你要是瞧不起我的話，我倒是不勉強你；要是還認識我這楊老么，讓他們送你一送，又不要我抬，啥子要緊？這裡到河邊，是下坡路，我走去也不費力。你願不願意我盡一點心？」

亞雄聽他如此說了，也就只好笑道：「那就多謝了！」楊老么道：「二天我一定去拜見老太爺，請你先給我說到。」說畢，抱著帽子深深作了兩個揖，轉身就走了。亞雄坐上了楊老么的自用滑竿，一個轎伕在旁跟了換班，兩個抬著走。亞雄對於這事，自然很是驚異，因在轎上問道：「你們楊老闆發了財了？」前面的轎伕道：「怕不是？不發財，朗格當到經理？」亞雄道：「你們由哪裡來？」轎伕道：「從楊經理莊子上來咯。」

亞雄心想，哦！他是經理，還有個莊子。又問道：「你們楊經理現在作什麼生意？」轎伕道：「城裡頭有店，鄉下有農場。」亞雄道：「城裡是什麼店？以前他不是買賣人呀！」轎伕道：「那說不清。現在作買賣的人，不一定就是買賣人出身。」亞雄被這個答覆塞了嘴，倒沒有話說。本來他這個答覆也是對的。

轎子默然的抬了一截路，亞雄終於忍不住要問一句心裡要問的話，因道：「在半年以前，我就認得他，他的境況還不大好。怎麼一下子工夫，他就發了這樣大的財呀？」後面一個轎伕道：「聽說他是得了他麼叔的一塊地，在地下挖出了啥子寶貝咯。」前面那個轎伕道：「啥子寶貝喲！是三百塊烏金磚咯。」亞雄聽他們所說的理由，似乎無追問下去的必要，只是微笑了一陣。三個夫子抬的滑竿，自比兩個夫子所抬的要快的多。兩里路之後，就把西門太太那乘滑竿追上了。

一會兒工夫，遠遠看到山埡口裡，深紅淺碧的一簇錦雲，堆在綠竹叢中。在綠竹林外面，圍繞了一道雪白的粉牆。那顏色是十分調和的。亞雄在滑竿上就喝了一聲彩。西門太太道：「這大概就是梅莊吧？」亞雄道：「這裡簡直沒有戰時景象了。」

說著話，轎子是越走越近了。先是有一些細微的清香，迎面送了過來，再近一點，便看到了那錦雲是些高高低低的梅花，在圍牆裡燦爛的開著。路到了這裡，另分了一小枝，走向那個莊子。但那條小路，在一座小山腰上，平平的鋪著石板，特別整齊。山腰上的竹林，都彎下了枝梢，蓋著行人的頭頂。越是感到境地清幽。到了莊子門口，是中國舊式的八字門樓，裡外都是大樹簇擁著。雖然到了冬末，這裡還是綠森森的。客人下了滑竿，早跑出來兩頭狗，汪汪地叫著。同時，也就有兩個男人隨了出來。他們看到有一位女客，便知是來尋溫太太的，立刻引了進去。

經過兩重院落，便見二十多株梅花，在一片大院落裡盛開著。上面玻璃屏門外邊，一頻寬走廊，那裡擺了一張長方桌，上面陳設了乾果碟子和茶壺茶杯。二奶奶和區家二小姐，各坐在一把皮褥子墊座的籐椅上，架了腳賞梅。西門太太道：「真是雅得很！仔細讓畫家見了，要偷畫一張美女賞梅圖呢！」

二小姐「喲」了一聲，迎向前道：「怎麼大哥有工夫到這裡來？」亞雄道：「我們俗人也不妨雅這麼一回。你覺得出乎意外嗎？」二小姐便引著他和二奶奶想見。亞雄對這位太太，自是久已聞名的了。現在一看她，將近三十歲年紀。瓜子臉，一雙水汪汪的眼睛。她腦後長髮，挽了個橫的愛斯髻，耳朵上垂下兩片翡翠的秋葉，耳環上面是一串小珍珠，代替了鏈子，在腮邊不住地搖晃。她穿一件紫紅絨的袍子，映帶著臉上的胭脂，真是豔麗極了。

二奶奶笑道：「有這樣好的一個莊子，主人卻住在重慶，非禮拜或禮拜六是不能來的。我就只好代表主人來招待了。區先生請坐吃菸。」說著，她將桌上擺著的一聽三五牌紙菸，拿起來舉了一舉。亞雄連忙道謝，彎了彎腰，取了一支菸在手。旁邊站著訓練有素的女僕，便擦著火柴，送了過來。另一個女僕，端了一把籐椅，請他坐下。西門太太在他們應酬的當兒，已經站到梅花樹旁邊，手扶了一枝，抬頭四下觀望。二小姐笑道：「你站在花底下去，反而聞不到香味的。還是到這裡來坐著，慢慢的領略吧。」西門太太笑道：「你還要慢慢領略呢。林宏業今天下午押著大批貨物，要到海棠溪了。你應該快去接這位海外財神才是。」二小姐向亞雄望了道：「大哥就是為著這事來的嗎？」亞雄點點頭笑道：「你若是不嫌我這個訊息煞風景的話，那就請你過江去吧。」二小姐聽了這話，臉上帶著微笑的樣子，沒有說話。亞雄點點頭笑道：「我是特意為了這件事過江來的。不會老遠的過江爬山，來和你開這個大玩笑吧？」二小姐道：「好的，我回去。下午我們一路走。你走了這樣遠的路來了，也應當休息休息，就在這裡吃頓便飯。當公務員的人，天天算平價米，也難得有這麼大半日清閒。在這山上玩玩，除了這裡是個花園，這左右兩所莊屋，全是新建的，也有很多的花，你可以去看看。我和二奶奶看過了，和城裡相比，確是別有風味。」

亞雄在這園子裡看了一會，覺得這三位太太在一處談得很起勁，自己沒有插言的餘地，便向二小姐打了一個招呼，緩緩的走出這幢莊屋。走出門來，站著兩面一看，見左面山上，有一所西式房屋，瓦脊爬著一條一條的黑龍，很是整齊，在濃密的樹影中露了出來，一望而知是人家的別墅。就在這屋角邊，竹林縫裡，綠陰陰地罩著一條灰色的石板小路，便是通向那裡去的。

他隨手在草地上摸了一根短竹竿子，當做手杖，順著路向那裡走著。只走了一半的路，便看到四五棵紅梅，在山麓上簇擁出來。在紅梅後面，有兩棵高大的冬青樹，直入雲霄，一高一低，一明一暗，與梅花相映成趣。更向前走，發現了這是人家開闢的園門。沿山坡開著梯形的田，田裡種著整片的冬季花木，有的是茶花，有的是水仙，有的是蠟梅，有的是天竹。蠟梅差不多是凋謝了，那整畦的水仙，卻長得還旺盛。那綠油油的長形葉子田裡，好像是長著禾苗，苗上成叢的開著白花，像雪球一般。那一種清幽香味，在半空裡蕩漾著，送到人的鼻子管裡來，真教人有飄飄欲仙之感。

亞雄站在這花田外的田埂上，不由得出了一會神。心裡想著，哪來這樣的一個雅人，在這地方大種其花木？想到這裡，回頭看看，料著這中西合參的那所樓房裡，一定有著一位瀟灑出塵的主人。在重慶滿眼看著，都是功利主義之徒。若在這裡看到一位清高的人物，當然有他一副冷眼，向這冷眼人請教請教，那是不無收穫的。如此想著，掉轉身來就不免對這屋子上下，又打量了一番。兩手拿了竹竿，背在身後，很悠閒的，再向那裡走去。

在梯形的花圃中間，有一條石砂子面的人行路，寬約四五尺，斜斜的向上彎曲著。路兩旁有冬青樹秧，成列的生長著，作了籬笆。迎面樓房外，有一塊院壩，放了大小百十盆盆景，或開著紅白的山茶花。在濃厚的綠葉子上，開著綵球也似的花，非常鮮豔。看那院壩裡面，一道綠柱遊廊，已近內室，那是不許再走向前的了。

亞雄正待轉身，卻看見上面走來個粗手粗腳的人，身穿藍布棉襖，繫上了一根青布腰帶，下面高捲了青布褲腳，露出了兩條黃泥巴腿。他口裡銜了一支短短的旱菸袋，燒著幾片葉子菸。亞雄看他圓胖的臉上，皮膚是黃黝黝的，兩腮長滿了鬍渣子，像半個栗子殼，也可知他是一位久經日曬風吹的莊稼人。他口裡吐著菸，問道：「看嗎！要啥子？買幾盆花？」亞雄猛可聽了，不免愕然一驚。那人走近了兩步，緩緩的道：「你這位先生，是哪個介紹來的？到我們農場裡來買，比在城裡頭相應得多。」亞雄這才醒悟過來，這裡並不是什麼高人隱士之居，乃是一座農場，這就不必有什麼顧忌了，只管向前走。因問道：「你們這農場有這樣好的房子，你們老闆呢？」那人手扶了旱菸袋桿，嘴裡吸了兩口，對亞雄身上看了一看，卜唧一聲，向地面吐了一口清水，因道：「你說嗎！要買啥子？我就能作主。」亞雄笑道：「我暫時不買什麼，只是來參觀一下。」

他拖出嘴裡的旱菸袋來，點了點頭道：「要得！我們歡迎咯！」亞雄覺得陌生的粗人，有這樣客氣態度的，在重慶還少見，便笑道：「你們老闆貴姓？」他將旱菸袋嘴子送到嘴裡吸了一下，笑道：「啥子老闆羅？我們也是好耍。」亞雄笑道：「那麼，你是老闆了。你把這個農場治理得這麼整齊，資本很大吧？」他將旱菸袋又吸了兩口，微笑了一笑，將頭搖了搖道：「現在也無所謂咯。這個農場，共值百來萬。」

亞雄聽著這話，對這位老闆周身看了一看，覺得就憑他這一身穿著，可以說百來萬無所謂嗎？因笑道：「現在不但是經商的發財，務農的人也一樣發財，我有個朋友叫楊老么……」那人立刻問道：「你先生朗格認得他？他是我姪兒咯！」亞雄道：「我姓區，方才還是坐了他的滑竿上山來的呢！」那人兩手抱了旱菸袋，連連將手拱了兩下道：「對頭！請到屋裡頭來吃碗茶吧！」說著張開了兩手，作個遠遠包圍，要請入內的樣子。

亞雄先聽到轎伕說楊老么是因叔父死了，得著遺產，現在他說楊老么是他的姪兒，彷彿這傳說前後不相符，倒要探聽探聽這個有趣的問題。一個抬轎子的人，不到半年工夫，成了一個很闊的坐轎者，這個急遽變化，總不是平常的一件事，自值得考查。至少比看梅花有益些。如此想著，就接受了這人的招待，走進正面那座西式樓房裡去。那人推開一扇門，讓著進了一所客廳，只見四周放了幾張雙座的矮式籐椅，墊著軟厚的布墊子，屋子正中，放了一張大餐桌子，用雪白的布蒙著。桌上兩大瓶子花和一盆佛手柑。農場裡有這種陳列品，自還不算什麼。只是那兩隻插花的瓷瓶，高可三尺，上面畫有三國故事的人物畫。那個裝水果的盤子，直徑有一尺二，也是白底彩花，用一個紫檀木架子撐著。亞雄曾見拍賣行的玻璃窗裡，陳列過這樣一隻盤子，標價是九千元，打個對折，也值半萬。轎伕出身的人家，很平常的把這古董陳列在客廳裡，這能說不是意外的事嗎？

那人引亞雄進來之後，又拱了手道：「請坐，請坐！招待不周咯。」說畢，昂了頭向外叫著：「楊樹華！」樹華這個名字，在重慶頗有當年取名「來喜、高升」之意，便聯想著這個老農不是尋常人物，人家還有聽差呢！就在這時，來了一個小夥子，他穿著件芝麻呢的中山服，腳上踏的一雙皮鞋，烏亮整齊。亞雄低頭一看，自己腳上的這雙皮鞋，已成了遍體受著創傷的老鯰魚，比人家差遠了。

那老農倒是一個主人的樣子，向他道：「有客來了，去倒茶來。」他方垂手答應了。老農又問著：「還有牛奶沒有？」他答應了一聲「有」。老農道：熱一杯牛奶，把餅乾也帶來。」吩咐完了，才向亞雄寒暄著對面坐下，因道：「方才三個轎伕回來，說是經理在半路上遇到一位先生，自己下了轎子，把轎子讓給那先生坐。我一想，這是哪個喲？你先生一說到姓區，我就想起來了。你是我們老么的恩人。」亞雄笑著搖搖頭道：那怎麼談得上！」

他點了點頭，將旱菸袋緊緊捏住，倒向著空中點了兩點，因道：「確是！老么常常對我說，有錢的時候，人家送一萬八千，那不算稀奇，沒有錢的時候，一百錢可以救命。區先生你懂不懂？這是川話，我們說一百錢，好像你們下江人說一個銅板。」亞雄笑道：「我到貴省來這樣久了，怎麼不懂？」老農將旱菸袋在嘴裡吸了一下，忽然有所省悟的樣子，匆匆走出門去，一會兒工夫，他拿了一聽三炮台的紙菸和一盒火柴送到亞雄面前，亞雄只管對了那聽菸出神。老農點了頭道：「請吃菸吧！這是香港來的，我們也不吃這好的菸。這是我們請大律師的菸。」亞雄經這一說，一個疑問解決了，可是第二個疑問也跟著來了。憑他這樣說，好像一個人發了財，和打官司就發生連帶關係。於是緩緩的開啟菸聽子蓋，取了一支菸點著，抬了頭只管向屋子四周望著，臉上露著笑容。隨著那位楊樹華拿了洋瓷托盆，託著點心來了，是一玻璃杯子牛奶，一瓷碟子白糖，一碟子餅乾，一碟子蜜餞，一樣一樣的放到桌上。

亞雄對於這番招待，有兩種驚訝之處。其一，以為這裡並沒有主角，有之，便是這位老農，他竟有這種享受。其二，是與這老農素昧生平，雖有楊老么一言之告，在他也不當如此招待。正凝神著，那老農笑道：「區先生，請隨便用一點。」說著，他放下了旱菸袋，兩手捧了牛奶杯子，顫顫巍巍的送到面前來。亞雄站起來接著。他又兩手捧了糖罐子過來，裡面有鍍銀的長柄茶匙插在四川新出品的潔糖裡面。亞雄又只好舀了兩匙糖，放進牛奶裡。

老農笑道：「區先生，你就用這個銅挑子吧，這是新找來的傭人，啥子也不懂。牛奶杯子裡，也不放個挑子，不訓練幾個月，硬是不行。真是焦人！」亞雄又覺得他這話不是一般的老農所能道得來的，將銅匙攪和著牛奶，默坐了一會，見老農又坐在對面椅子上吸旱菸了，因笑道：我還不知道令姪叫什麼名字呢？夥老農笑道：「你就叫他老么吧。不生關係。自從他回家來了，取了個號了，叫楊國忠咯。這個名字叫出去了，有人說是要不得，楊貴妃的哥子，就叫楊國忠，這個娃兒，他硬是那個牛性，他還願意別個叫他楊老么。」說著，吸了兩口旱菸。亞雄道：「你老闆和他是叔姪關係嗎？」老農道：「我是他爺爺輩咯！他的老漢，是我遠房姪兒子。」他把旱菸袋，送到嘴裡吸了兩下，臉上表現出一番自得的樣子。亞雄道：「聽說他有個麼叔，是一個紳糧，不知何以中間斷了關係？」老農笑道：「你先生是他恩人，用不著瞞你。他家境，原來很窮，老弟兄三個，老么的老漢是老大，還有他二叔，早年都死了。老么的麼叔，早年上川西，在雷馬屏一帶住了好多年，沒有禁菸的年月，他作菸土生意，沒有回重慶來過。前兩年子發了大財回來了，私下又跑了兩轉雅安，打算洗手，啥子也不作了，在鄉下買了田地房產，這個農場就是那日子買的。也是他是條勞苦命，一歇梢下來，太婆兒死了，兩個兒子也死了，剩了他光棍一個，還得了黃腫病。」

「他想到自己兩腳一伸，屍首都沒得人替他收，好傷心咯。想起了重慶城裡還有個姪兒子，就託人到處找他。那個日子，楊老么害了一場病之後，抬不動轎子，在大河碼頭上跟人家提行李包包，他麼叔尋到了他，見他身上穿的是爛筋筋，交他五百元作衣服穿，約好了十天之後再來找他。這五百元，不是五百元，發票子裡包了大票子，是一千多元咯！這個娃兒，他倒是有志氣，拿到錢，一尺布也沒有扯，只用五百元，販了橘柑在河灘上賣，多的錢，留在身上。十天之內，他麼叔果然來了，他把錢交還了麼叔，一百錢也不少。他麼叔見他穿的還是爛筋筋，問他朗格不作衣服穿？他說賣力氣穿爛筋筋，要啥子緊嗎？有了這個錢作個小本生意，糊了自己的口，也免得跟了過河的人要包包提，叫人家討厭。他麼叔說，這幾句話，他聽得進。但是多付了他好幾百元，為什麼子不先拿了用？他說，麼叔好意，給了我五百元作衣服穿，就不曉得哪天能報麼叔的恩。麼叔不留意，多給了他幾百元，他朗格好意思隱瞞下來。」

「他麼叔說，這個娃兒硬是要得。就把他帶了回家，邀了本姓的房族長，寫了一張字據，過繼老么作兒子。不到兩個月，他麼叔就死了。楊老么把我找了來，替他管家；本房貧寒的人，都分了些錢，也是善門難開，還有人找他要錢，所以我們又請了一名大律師作法律顧問。」

「本來他麼叔手邊的現錢，也不過二三十萬，因為他自己開了碼頭，這塊地皮留了幾年，竟變成了幾百萬。有了地皮，有些人硬要他拿出地皮來作資本開公司。他怕得罪人，只好照辦。這個農場地皮是我們的，另外有股東，請了人來種果木花草。他算是經理，少不了常來，因為那些股東都有大班，他不好意思跑來跑去，也就用起大班來，把轎子坐起。」

「實在的話，他倒不是那種忘本的人，他說從前窮，受人家的欺，如今發了財，還是受人家的欺。他想結交幾個有好心的作朋友。因為你先生和你家老太爺，都是好人，所以他常常想到你們。」

亞雄點了頭笑道：「原來如此，這也不怪他發這樣大的財。這也不單是他，我們在南京認識的一個拉黃包車的，他就在四川發了財，作了工廠的經理。這年頭說什麼三年河東，三年河西，簡直是三個月河東，三個月河西了。」老農道：「區先生，公館在哪裡？讓老么去拜訪你。你若是得空，到他公司裡去耍，他一定歡迎的。」說著他在身去摸索著一疊名片，取了一張送到亞雄面前。

亞雄看那上面，正中大書著「楊國忠」三個字，上掛幾行頭銜，乃是「大發公司副經理」，「必利錢莊常務董事」，「南山農場總經理」，下面印著他的住址和電話。心想，在幾個月以前，誰會想到在宗保長手下帶病作苦工的楊老么，如今會頂著這些個頭銜呢？老農笑道：「確是，他很望區先生到他公司裡去耍。區先生不會嫌他是個轎伕出身吧？」亞雄將那張名片送到身上去揣著，將手拍了一下腿，笑道：「豈敢，豈敢！老實說，像我們這樣的人，就不知道哪一天會窮到去抬轎。便是有轎子抬，也沒有這份力氣呢！」老農笑著說了一聲「笑話」。亞雄道：「絕不笑話。現在這世界上，有兩種抬轎的人。一種是前幾個月的楊老么，一種就是現在的我。」老農又說了一句「笑話」。亞雄道：「真話！轎伕不過是抬著人家走一截路，我們是抬著上司走一輩子的路。轎伕是抬著人家走眼前看得見的路，我們是抬著上司走那升官發財看不見的路。轎伕自然是苦，可是他隨時可以丟下轎槓不抬，我們要不抬，還不是那樣容易呢！」說著，站起身來，向屋子周圍看了一看。老農笑道：「老么又不在這裡，我不懂啥子，要是不嫌棄的話，請在我這裡吃了午飯去。」亞雄道：「我們還有同伴在梅莊裡，下次再來叨擾吧。」說著點了頭向外走。

老農送客出門，卻見有個西裝少年，在迎面上坡路上走了來。他喝了聲道：「楊家娃，今天為什麼子又跑到南岸來？」那少年被他一喝，停住了腳，笑著站在路邊。亞雄走到近處，見他穿一套綠呢西服，裡面是花羊毛衫，領子上打著大紅色的領帶。只看這些，就覺得這個穿西服的少年，不會太內行。他頭上的頭髮，腳底下的皮鞋，上下兩層烏亮。西服小口袋上，夾了鋼筆頭子，顯然還是個學生。

老農道：「今天朗格又到南岸來了！」那少年笑嘻嘻的答應了三個字：「來耍格。」老農道：「硬是要得！今天也來耍，明天也來耍，一點正事都沒得咯！你不想前三個月，光了腳桿，挑一擔雞娃兒趕場。現在洋裝披起，皮鞋穿起，還要插上自來水筆，扁擔大的字，你認識幾個？」

亞雄聽了這話，向這少年臉上看去，見他黃黑的臉，粗眉大眼的，肩膀腫腫地，的確還不脫除那種鄉下趕場小夥子模樣。他倒是肯受這老農的申斥，依然垂手站在路邊，微微的笑著。亞雄因問道：「這是令郎嗎？」老農嘆了一口氣道：「是咯！區先生，我不是那樣忘本的人。作莊稼的小娃兒，著啥子洋裝？硬是笑人！也是老么說，我家和保長不大說得攏，免得淘神，把這小娃兒送進初中讀書。保上有啥子事，就不派他了。我想讓他認得幾個字也好，花了幾個錢，把他送進了中學，他哪裡讀書喲？洋裝穿起，三朋四友，天天進城看電影，看川戲。」說著，掉過臉去，對那少年道：「你怕我不會整你？下個月，壯丁抽籤，我送你去當兵。」亞雄笑道：「老闆，這也不能怪他，你發了財，你捨不得用錢。他這樣年輕的人，有錢在手上，他為什麼不用？」老農說：「哪個把錢他花？他三天兩天回家去，在我女人手上去硬要。要不到，你怕他不偷！」他說到這裡，臉色越發的沉下來，嚇得那少年把頭低了，兩手扯著西裝衣襟角。

亞雄道：「小兄弟，你老漢說的話是對的，與其讓你掛個學生的名，穿了西裝，城裡城外胡跑，不如送你去當兵。現在你這樣，家庭失了一個兒子，國家失了一個壯丁，是雙重損失。」老農道：「家庭失了啥子兒子？我還有兩個兒子。大兒子在湖南打國仗，升了排長了。二兒子跟了老么在公司裡作事。這個穿洋裝的兒子，要不要，不生關係。我心裡是明白的，你穿了洋裝，前面走，你怕後面沒有人指通你的背心？」

亞雄看這老農是個粗人，卻很懂理，心想，固然有些人利令智昏，可也有些人福至心靈。他這麼突然發了財，居然會教訓兒子。因向他點點頭道：「楊老闆，你說話有道理。二天有工夫，你可以找我去，我們上個小茶館，可以擺擺龍門陣。」說完，笑著向老農告別。老農倒是隨在後面送了一截路。亞雄走過一個埡口，隔了大片的竹林子，還聽到那老農大聲喝罵著他的兒子。

開包袱

區亞雄看到了這一切，心裡發生了莫大的感慨。經擠的動盪，不但將投機商人抬上了三十三天，便是小地主的子女，也變成了時代的驕子。如此想著，手扶了一枝彎下腰來的竹枝，只管發呆。這時卻聽到有人叫道：「在這裡，在這裡！」看時二小姐和二奶奶，一同走出來。便迎向前道：「你們找我嗎？」二小姐道：「飯已預備好了，我派人找大哥兩次，都沒有找到，只好親自來找。」二奶奶笑道：「令妹聽說她先生來了，恨不得飯不吃就走。其實這個時候，人也許還在櫥梓呢！」二小姐道：「我倒不怕你笑話，正是急於要去替他布置布置。你想，他帶了幾車子貨來，若沒有一個安頓的所在，他到了南岸，豈不著慌！」二奶奶道：「這有什麼可著慌的呢？我們公司在南岸就有兩三處堆疊，而且還在公路邊。讓五爺通知一聲，請林先生把車子開到堆疊門口卸貨就是。至於林先生本人，願意下榻在我家裡可以，願意住在銀行招待所裡也可以，事先一個電話，就解決了。」二小姐道：「那謝謝你的盛意了。但是就算如此，也得去找著五爺，打這個電話。」亞雄道：「冬天天短，我們自也以早過江去為是。我們認識了二奶奶，事事都沾著光。既是這樣說了，我們且在梅花香裡，從從容容，吃過這頓飯。這會子還要二奶奶親自勞步來找我，真是不敢當。」

三個人正說著，一個女僕迎上前來，向二奶奶鞠著躬道：「太太，飯已預備好了。」二奶奶便退後了幾步，讓亞雄走向前面，點了頭笑道：「到這裡來，是吃不到好的東西的，而且令妹又催著要走，我只好吩咐廚房裡隨便作兩樣菜。大概不會怎樣好的。」亞雄笑道：「我們這作災官的人，什麼東西都可以吃。」他如此說時，可是心裡卻在想著，她是個好面子的人，特意的這樣先客氣一番。

那女僕將這三位客人，引進了那正面有走廊的正屋裡去。這裡算是一個舊式客廳，四周是木板格子玻璃窗。雖在屋裡，依然可以看到院子裡的梅花。屋子正中有一張小圓桌，蒙著雪白的台布，上面四個大盤，四小碟子，另外還有一個火鍋，燒著紅紅的火。

亞雄笑著坐下，發現了這四個碟子，是宣腿、風尾魚、板鴨、燻肉，都不是重慶易得之物。大盤子裡栗子燒菜心、蝦子燒冬筍、紅燒大鯽魚、口蘑燒豆腐。中間火鍋裡，煮著兩個大雞腿。這自必是一鍋原湯了。不由得搖了搖頭道：「這樣好的菜，還說沒有好菜呢！」二奶奶將筷子頭指了大盤子道：「這是原來有的，我只是要吃點清淡的東西。這四個碟子裡的，是我帶來的罐頭，有的是這裡廚師的儲蓄品，七拼八湊，弄上這麼幾樣菜，就算是為了客人添的菜了。不恭之至！」亞雄笑道：「我要說句良心話，像這樣的菜，我們這窮公務員，真是一年也少碰到幾回……」說到這裡，他看見這裡男女傭人，不斷前來伺候，而二奶奶坐在主位上，只是低了頭微笑，好像很怕人提到這些話似的。自己知趣一點，就不再說這些丟面子的寒酸話了。

吃完飯，亞雄道：「我憋著一句話，沒有問，西門太太還在這裡呀？」二奶奶道：「我有點事，託她辦去了。」她只說了這句就笑道：「我送送你們吧。」又向亞雄道：「我實在不知道大先生來，招待得太草率了，請原諒，我也是作客。」二小姐笑道：「我們還講這些客套。」二奶奶抓住她的手笑道：「你們林先生要是帶有什麼香港好東西送人的話，不要忘了有我一份。」二小姐笑著說：「這是自然。」於是向二奶奶告辭走了。

亞雄一路出來，心裡悶著好幾件事，坐在滑竿上，就忍不住問道：「西門太太不是來賞梅花的嗎？二奶奶有什麼事要她辦？」二小姐道：「那是她自告奮勇，並非二奶奶要她去辦。就在這山腳下一所莊屋裡，二奶奶堆有一二十件棉紗，還有一二十擔菜油，本來自有人替二奶奶跑路，擔任看守，不會有什麼問題的。但是二奶奶既怕棉紗放在潮溼的地方，又怕油婁子漏油，很想自己去看看。可是真的自己去了，又覺得太生意經，而且也失了大富翁太太的身分。和西門太太一說，她就願代她去看了，於是二奶奶用自己的轎子送她去了。」亞雄道：「這二奶奶簡直什麼生意都做，走到哪裡也忘不了她的生意。其實她家的錢已很夠她揮霍的了。她又何必如此！」二小姐笑道：「你不懂，這是興趣問題。」亞雄道：「作生意也會有什麼興趣嗎？」二小姐道：「我說給你聽，譬如你囤了十幾件棉紗，在家裡天天看到行市的數目字向上漲，昨天是八千，今天是一萬，明天大概是一萬二，你不感覺到有興趣嗎？」亞雄笑道：「這算我多懂了一件事。還有一個疑問，這梅莊的主人，別墅是白讓人遊逛了，還要辦著很好的伙食，給人受用，豈不是他的錢太多了？」二小姐道：「你沒有踏進過有錢人的門，你怎會知道有錢人的事！他們有錢的人，彼此也得互相聯繫，在聯繫上，就是甲送乙一座別墅，乙送甲一座莊屋，那都無所謂。要不然，開銀行的，為什麼設著比上等旅館還舒適的招待所招待客人呢？而且受招待的人，照例是謝字都不必說上一個的。」亞雄笑道：「銀行還不是羊毛出在羊身上？他們的享受，和他們以享受去引誘別人，所用的錢，都是存款的戶頭代出的。」二小姐笑道：「你在都市裡混了幾十年，今天才明白過來嗎！」亞雄道：「你別看我是個小公務員，所見所聞，都使我對有錢人沒有好感。我也不相信他們的才具會比我高了多少！」二小姐笑道：「書呆子，有錢的人，需要你的好感幹什麼！可是你今天怎麼說出這話來？」亞雄道：「你看那個楊老么，一步登天，發了幾百萬元的財，連字都不大認得，會有什麼才具？那個穿西裝的少年，前幾個月還在趕場賣雞蛋呢！」二小姐笑道：「走上大路了，我們不談了。」亞雄聽了，嘆了兩口氣。

到了江邊，兄妹二人分手。亞雄過江回到他的寄宿舍，一進門，勤務就告訴他，有一個穿西裝的，接連找了他兩次，一會子還要來，請他等一等。亞雄想不出是誰，只好在屋子裡等著，他屋子裡是三張竹子床占了三方，中間是一張白木四方桌子。那上面茶壺、茶碗、紙、墨、筆、硯、破報、舊書，什麼東西都有。亞雄從梅莊那樣好地方走回這裡來，看著這些床上堆著破舊薄小的棉被，作一個小卷，黃黃的枕頭，壓在被條上，網籃破箱子都塞在床底上，竹凳子放在床與桌子之間，四周擋住了人行路，不由得手扶了桌子，坐在竹椅上，出了半天神。

在屋子裡的同事，都不在家，他有牢騷，也無從發洩，毫無情緒的在桌上亂紙堆裡抽出一本書來看。有個穿大衣戴呢帽子的人，在門口一晃，接著叫了聲「大哥」。人進來了，正是二弟亞英。亞雄便笑道：「勤務說是有個穿西裝的人找我，原來是你，你怎麼這會又回到重慶來了？」亞英放下帽子，分開床上的東西坐在床上，笑道：「作生意的人，隨生意而轉，必須來自然要來，既是到了重慶，我也想回家去看看了。」亞雄笑道：「你也算衣錦還鄉了。如今衣錦還鄉，不是從前做官的人，應該是作買賣的了。」亞英笑道：「你也不必發牢騷，我所計劃的一件事，若成功了，就把你救出災官圈子外去。」亞雄將手摸了一摸桌上打著補釘的瓜式茶壺，笑道：「我這裡只有冷開水，你喝不喝？」亞英笑道：「我覺得你這房間比我在鄉下那間堆貨的屋子，還要不舒服。我們出去找個地方坐著談談吧。我有事和你商量，這裡也透著不便說。」說著，他向屋子上下四周都看望了一遍。

亞雄笑道：「你穿這樣一身西裝，也不能和我一路去坐小茶館吧？」亞英道：「若是照你這樣說，我倒受著這一套西裝的累了。」

亞雄卻也想著亞英來了三回，一定是有什麼事要商量，這個地方當然是不便和他談什麼生意經，便將回來後擲在床鋪上的那頂呢帽子，重新戴起，向他笑道：「我這個地方，實在也沒有法子可以留你坐著。」於是兄弟二人一同走出寄宿舍。

兩人各自坐上一輛人力車，到了目的地，正是一家西餐廳。亞雄向他兄弟道：「你怎麼會引著我到這大餐廳裡來？你知道這裡的西餐是什麼價錢一客？」亞英笑道：「我怎麼會不知道。我已經到這裡來吃過一頓了。你不要以為我是浪費，我在鄉鎮上，關了許多日子，到重慶來一次，也應該享受一些現代都會的物質文明。反正這也不是花我的錢，假如我代人把事情辦好了，這一切開銷，都可以報帳的。」他日裡說著，伸了一隻手，扶著他大哥向大餐廳裡走去。

亞雄深知道在重慶市上經商的人吃喝穿逛，絕不怕費錢。亞英這種行為，自也平常得很，只好跟著他一路進了大餐廳。亞雄雖是常住在重慶，這樣摩登的大餐廳，還不曾來過。推開玻璃門，但見電燈開得光亮如白晝，陰綠色的粉壁，圍著很大一所舞廳，白布包著的座頭，被牆上嵌的大鏡子，照成了兩套。那些花枝招展的女郎和穿著漂亮西服的男子，圍坐著每副座頭。他看到鏡子裡一位穿舊藍布大褂的人，隨在一位穿青呢大衣的人後面，走進了這餐廳。再低下頭一看自己，立刻有了個感想：「我也會向這地方來走走！」

亞英走在他後面，看他頗有點緩步不前的樣子，便向左面火工廠式的單座邊走去，轉身向亞雄點了點頭。亞雄走過來，立刻看到一位舊日的上司和一位極年輕的美麗女郎，坐在隔座，所幸他是背向著這裡的，雖然曾回過頭來掃了一眼，好在他立刻回過頭去和女郎說話去了。這位前任上司，和自己總差著七八層等級，雖是已不受他的管了，可是在習慣上，總覺得有點不安。

亞英已是坐下了，向茶房招呼著先來兩杯咖啡。亞雄悄悄的在他對面坐下，故意向座椅裡面擠了一擠。亞英低聲笑道：「我們吃東西，照樣花錢，你為什麼感到侷促不安的樣子？」亞雄將嘴向前一努，對了那前座望著，低聲道：「那是我的上司。」亞英笑了一笑，也沒有作聲。咖啡送來了，亞雄道：「你有話和我說，找個小茶館喝碗沱茶，不也就行了嗎？」亞英笑道：「我不是說了嗎？你不必愛惜錢，這錢也並非由我花，就是由我花，你也當記得，我走出家門只有一條光身子，這錢也不是賣田地產業來的。」亞雄正了一正顏色道：「你們青年人經商，這個思想，非常危險。以為反正是便宜賺來的錢，花去了大可不必心痛。你卻沒有想到，人人存著這種心思，物價就無形抬高，並且養成社會上一種奢侈的風氣。」

正說著，隔座那位舊上司站起身來，送著那位摩登女郎走了。他說了一聲「再會」，卻沒有離座。亞雄一抬頭，眼看個對著，這就不好意思再裝馬虎，只得含著笑容站了起來。那人竟是沒有當年上司的架子，迎著走過來伸著手和他握了一握，因道：「區兄，多年不見了。現時在哪裡工作？」亞雄嘆了口氣道：「正是愧對梁先生當年的栽培，依然故我而已。」那人回過頭來，和亞英握著手笑道。「我猜你今天一定會到。」亞英道：「剛才看見梁經理和一位小姐在一處，不便向前招呼。」梁先生笑道：「沒有關係，是我朋友的女朋友，在這種地方會到，不能不作個小東。亞英兄你到這邊來坐一會，我們談幾句話。」說著他拉了亞英的手，到隔壁座位上去了。亞雄看這樣子，兩人竟是很熟，顯然這位梁先生，也改為商人了。自己方才這一份兒畏懼，正是多餘的。

自己守著一大杯咖啡，且在這裡悶坐等著。約莫有十五分鐘之久，亞英走了過來，弓身在桌子角邊向他道：「大哥你若餓了，先來一盤點心，我和梁經理還有幾句話說。」說畢，也不等著亞雄同意，他又到隔壁談話去了。

亞雄坐著不耐煩，不免聽聽他們說些什麼，因為他們的聲音低微，彷彿中聽到亞英說了好幾次「開包袱」，直等那梁先生大聲哈哈一笑，方才把話停止。只見這位梁先生拿出好幾張一百元鈔票，交給了茶房，笑道：「這錢存在櫃上，這邊座位上的帳，由我會，明天我來了結帳。」說著和亞英握手，又和亞雄點點頭，拿起衣鉤上的帽子和大衣，滿臉笑容走了。看亞英那樣子，對他並未表示謝意。

亞雄心想，這是一個奇蹟，沒有想到會叫舊日上司會了自己個大東。他正這樣的出神，亞英表示著很高興的樣子，兩隻手揉搓著，坐了下來，笑道：「我說不用我掏腰包不是？」亞雄道：「你怎麼會認得這位梁先生？當他作我頂頭上司的時候，那還了得！在路上遇到他，我們脫帽行禮，他照例是愛睬不睬，如今竟是這樣客氣。」亞英笑道：「他現在和我一樣，也是一個商人。不過他資本大，是個大商人。我的資本小，是個小商人而已。他現在正有一件事，要我幫他的忙，他是非和我客氣不可。」亞雄道：「我還是要問那句話，你怎麼會認識他的？」亞英道：「上次你到漁洞溪去，你沒有受著那李狗子招待嗎？你當然不會忘了這個人。」亞雄道：「一個在南京拖黃包車的人，如今當了公司的經理，我當然不會忘了他。這與我們這位老上司有什麼關係？」

說話時茶房將一隻賽銀框子的紙殼選單子，交給了亞英。亞英看了一看，遞了過來。亞雄一擺手道：「我不用看，照你那樣子給我來一份，就是了。」茶房拿著菜牌子去了。亞雄嘆了一口氣道：「世人就是這樣勢利，他看到你穿西裝，我穿舊藍布大褂，他送咖啡來，是先給你，拿選單子來，也是先交給你。他瞧我這樣子，就不配到這裡來吃西餐。現時重慶，有這樣一個作風，只要這個人穿一身漂亮的西服，不論他是幹什麼的，更不會論蔄他的出身如何，品格如何，便覺得總是可以看得上眼的一個人。有話願和他說，有事情也願意和他合作，有錢也……」亞英笑著連連的搖了幾下手，低聲道：「這裡這麼許多人，你發牢騷做什麼！」亞雄向四座看了一看，笑道：「那麼，你是由李狗子的介紹認識這梁先生的了。」亞英點了點頭，只是微笑著。

這時茶房已經開始向這裡送著刀叉菜盤，兄弟兩人約莫吃到兩道菜，一陣很重的腳步，走到面前，有人操著很重濁的蘇北口音，笑道：「來緩了一步，來緩了一步，真是對不起！」亞雄抬頭看時，一個穿厚呢大衣的大個子，手上拿著青呢帽子，另一隻手從口袋裡掏出金殼子表看了一看，笑道：「總算我還沒有過時間。」他看到了亞雄，「呵」了一聲道：「大先生，也在這裡，極好了。」

亞雄認出他來了，正是剛才所說的李狗子，便站起來笑道：「原來是李經理，我們剛才還提你呢！」亞英笑道：「這是梁經理留下的錢會東請客的，我借花獻佛，就請你加入我們這個座位，好不好？」李狗子還沒有答話，這裡一個穿白布罩衫的茶房，老遠的就放下一張笑臉，走到李狗子面前，彎著腰點了點頭道：「李經理，就在這裡坐嗎？」他道：「不，那邊座位上，我還有幾位客人。」

他說話時，看區氏兄弟桌上雖擺著菜，卻還沒有飲料，便回過頭來笑著低聲道：「這是熟人，你倒兩杯白蘭地來。」茶房笑著，沒有作聲。李狗子笑道：「你裝什麼傻！用玻璃杯子裝著，若有『警報』，把汽水橘子水衝下去就是。你再拿兩瓶橘子水來，這個歸我算，不要梁經理會東。他請人吃，我就請人喝。」說著，向那茶房望了一眼道：「懂得沒有？拿汽水橘子水來！」又低聲道：「放心，不會有『警報』！」茶房點著頭去了。

李狗子拍了亞英的肩膀道：「我先到那裡去，坐一會兒再來談。」說著，又向亞雄點了點頭，匆匆的走了。茶房果然依了李狗子的話，拿了兩瓶橘子水，兩隻大玻璃杯來。這杯子底層，有一層深橙色的液體，不必喝，已有一股濃厚的酒味，送到鼻子裡來。他將兩隻橘子水瓶的蓋塞子，都用夾子撥開了，將瓶子放在二人手邊，悄悄笑道：「請預備好了，隨時倒下杯子去。不是熟人，我們是不買那杯子裡的紅茶的。」說畢，還對二人作個會心的微笑，然後才走去。

亞雄道：「他們是在這裡取樂呢，還是應酬？」亞英道：作國難商人，取樂就是應酬，應酬就是取樂。」亞雄用叉子叉住一小塊炸豬排，蘸了盤子裡的蕃茄醬，正待向口裡送著，聽了這話，未免遲延了一下，睜眼望著他道：「這是什麼意思？」亞英笑道：「你吃著炸豬排，好吃不好吃呢？」亞雄將叉子舉了一舉，笑道：「你又要笑我說漏底的話了。我總有兩年沒吃過西餐，今日難得嘗上一回，怎麼能說不好吃的話。」亞英道：「假如你天天吃西餐，你覺得是西餐好吃呢？還是中國飯好吃呢！」亞雄笑道：「雖然偶爾嘗一回西餐，口味還不算壞，但是天天吃這玩意，恐怕不適合於中國人的胃口吧。」亞英笑道：「你這個答覆就很對了。天天吃西餐，豈有不膩之理？他們每日到這裡來，鬼混一陣，其實不吃什麼，另外到川菜、蘇菜、粵菜館子裡去足吃足喝。到這裡來，只是應酬而已。可是中國菜館子裡，不是一樣應酬嗎？但沒有這樣歐化，也沒有這樣方便，更沒有這裡快活。這裡是個大敞廳，所有幹著國難生意經的人，容易碰頭。遇到人多，可以吃上十客八客西餐。遇到人少，喝一點真正的咖啡，或威士忌蘇打都可以。不像進中餐廳子，非吃飯不可。而且這裡有摩登女性，有一班專找暴發戶的小姐，在這裡進進出出。他們也可以談談那種不正常的戀愛，有了這些原故，所以說他們在這裡也是取樂，也是應酬了。」

亞雄端起大玻璃杯喝了一口，笑道：「這就是和普通商人上茶館講盤子的情形一樣了。然而所謂吃一碗沱茶，那個價目，和這就有分別了。拿普通商人吃沱茶的事來比，就可見國難商人的身分是怎樣的高。他們每日在這種大餐廳裡鬼混，一個月總要花上萬吧？」亞英笑道：「你真夠外行。他們是為了生意，所以必須在這個地方，一次就可以花好幾萬。」亞雄道：「那怎麼花得了？」亞英端起玻璃杯來喝了一口，微微的笑著。

就在這個時候，只見那李狗子匆匆忙忙的跑來了，臉上帶了幾分笑容，彎了腰，伸著頭低聲向亞英道：「就在這裡開一張支票。」這句話首先教亞雄吃上一驚。記得在南京的時候，他拿著新的十元鈔票，還要請教人，問問是哪家銀行的，更不用問他什麼是支票了。如今是居然會開支票了。其實李狗子是無日不開支票的，他並沒有理會到有人對他這行為感到奇怪。他擠著和亞英坐下，在西裝袋裡先掏出一本支票簿子來，然後又在小口袋上拔起一支自來水筆，伏在桌上寫了一個五萬元的數目，然後在戶頭名下籤了「李福記」三個字，再由身上摸出一個圖章盒子，取了一方小牙章，在名字下蓋上了印鑑。看他的字雖寫得很不好，然而也筆畫清楚，至少他把支票上這幾個字已寫得很純熟了。

亞雄不免注意著李狗子的態度，李狗子偶然一抬頭，卻誤會了亞雄的意思，因笑道：「大先生覺得這數目不小嗎？這一種事是難說的。有時候兩三倍這樣的數目還不夠，生意人有生意人的打算。有道是暗中去，明中來。」亞雄知道這話是江南人勸人作慈善事業的言語，便道：「你倒是大手筆，這是向哪個大機關捐上這樣一筆錢？」李狗子笑道：捐錢？哪裡有這樣大的事，要我捐五萬。上次飛機募捐，我也只捐了五十元。」他一面說話，一面將自來水筆、圖章盒、支票簿子陸續的向身上收著，笑道：「我還要到那邊去坐坐，也好把這件事辦完。二位在這裡再坐一會，我還有事要請教呢！」說著在身上掏出一隻銀製的紙菸盒子，開啟來，將支票收在裡面，手裡捏著盒子，笑嘻嘻的走了。

亞雄問道：「他真有錢，帶了支票簿子在外面跑，一提筆就是五萬。我看他寫著五萬元的數目，一點也不動聲色，分明是滿不在乎。」亞英道：「作生意的人，在要下本錢的時候，五百萬，五千萬，也是大大方方的拿出來，動什麼聲色。作生意怕下本錢，那還能發財嗎？」亞雄道：「可是聽他那話，暗中去，明中來，並非是下本錢呀！」亞英低聲道：「這就是所謂『開包袱』了。不是直接下本錢，也不是間接下本錢。」亞雄道：「什麼叫『開包袱』？」亞英笑道：「大庭廣眾之中，你老問這種事作什麼？喝酒吧！」說著把玻璃杯子舉了起來，眼睛望著哥哥，眼光由杯子口上射了過來。亞雄看這情形，也就明白了一點。只是那李狗子在這桌上開了一張支票就走了，這「開包袱」

經過的手續，還是有些不懂。因為亞英不願說，也就算了。

兩人已有微醉，吃過了幾道菜，面對著桌上的一杯咖啡，杯上騰起一道細微的清煙，香氣透進鼻孔，頗也耐坐。隨便談了些家常，但看這大廳裡面電燈都照得雪亮，回頭看窗子外面，卻是一片漆黑。亞雄開始催著要走，卻見李狗子額角上冒了汗珠，臉上紅紅地，手上夾了大衣，拿著呢帽，匆匆的跑了來，笑道：「事情完了，事情妥了，有累二位久等。明天正午，請二位吃餐江蘇館，我們在那裡集合。」亞雄道：「這不必了。我想明天陪舍弟一路下鄉去一次。他自離開了家庭，家父家母都很惦記著。」李狗子道：「哎呀！我一直想去看老太爺，至今還抽不出工夫來，真荒唐，真荒唐！」說著卻又將另一隻空手，拍拍亞英的肩膀道：「我們要辦的那一件事，還沒有接頭，你怎麼可以離開呢？這並非十萬八萬的事，你不要不高興幹呀！」亞英笑道：「我倒並沒有打算在這上面發多大的財。」李狗子「哦喲」了一聲，又把手在他肩上連連的拍了幾下，笑道：「小夥子，不要說這話呀！不發小財，怎麼能發大財呢？你老大哥，到如今還不敢說這話呢！」

亞雄見他放出那不尊重的樣子，還自稱老大哥，實在讓人生氣。可是亞英對這樣一個稱呼，並沒有什麼感覺。亞雄雖然並沒有什麼頑固的想法，只是想到李狗子在南京是個拉黃包車的，便覺得他今日衣冠楚楚，一擲萬金，令人發生一種極不愉快的情緒。因之他站了起來，將掛在壁間衣鉤上的那頂破呢帽子，取在手裡，身子走出座位以外，作個要走的樣子。

李狗子現在是到處受人歡迎的一個小資本家，如何會想到有人討厭他？便將拍亞英肩膀的手，伸到亞雄面前來。亞雄卻沒有那勇氣置之不理，也就和他伸手握著。他搖著亞雄的手，笑道：「我們自己兄弟，不必見外，明天中午，我準到你旅館來奉邀午餐。」亞英點著頭笑道：「經理賞我們弟兄飯吃，我們還有不歡迎的嗎？」李狗子大笑，拍著亞英的肩膀道：「我們這位老弟，活潑得很！」說著把那肥大的巴掌，向空中一舉，作個告別的樣子，然後走了。

亞雄望了他兄弟道：「你何必和他這樣親熱？一個目不識丁的粗人，現在又是個市儈，和他這樣要好！」亞英笑道：「你這種頑固的思想，在重慶市上如何混得出來？他雖是個粗人，還有三分爽氣，市面上那些鬼頭鬼腦、滿眼是錢的商人，我們不是一樣和他們在一處親熱著嗎？在不久以前，我還不是個挑著擔子趕場的小販？是的，在早一些時，我是一個西醫的助手，彷彿身分比他高些，可是也就為了這狗屁的身分，幾乎餓死在這大都會裡了。」他原是站起來要走的，越說越興奮，又不覺坐了下去，手上端起那殘餘著的半杯咖啡，又呷了一口。

亞雄笑道：「算我說錯了。我們自己的正經話還沒有談，可以走了。」亞英原也不能說兄長的話錯了，一個青年為了賺錢，和什麼人也合得起夥來，前途也實在危險。只是已走上了這條路，不能不辯護兩句。現在亞雄認了錯，他更沒得可說的，便笑著一同出了大餐廳。他已找著上等旅館，開了一間房間，引著亞雄去談了半夜。亞雄算是知道了他來重慶的任務，也了解他與市儈為伍自有他相當的理由，直到夜深，兩人才盡歡而散。

弟弟是看見兄長太苦了，每天早晨上辦公室，喝一碗豆漿，吃兩根油條，是最上等的享受，便約了明天上辦公室之前，一路到廣東館子裡去吃早茶。亞雄自樂於接受他弟弟這個約會，六點半鐘便和亞英走上了大街。在半路上，亞英忽然停住了腳步，笑道：「大哥！我們再邀一個人同去吧。」

這個人雖也是市儈，可是我往年的同學，正和我一樣，逼著走上了市儈的路。他叫殷克勤，也許你認得。」亞雄道：「以前他老和你在一處，我怎麼不認得！他現在作什麼生意？」亞英回手向街邊一指道：「那是他和人家合夥開的店鋪。」亞雄看時，招牌是「興華西藥房」。因為時間早，店夥正在下著鋪門板，便道：「你順便請他，我有什麼可反對的呢！就怕人家還沒有起來。」

說著，兩人走近了那家藥房門口。只見兩個穿呢大衣的人，板著面孔，對著一個穿西服的人說話。這個穿西服的，正是殷克勤。他滿臉放出了笑容，半彎著腰，和那兩人陪禮道：「這實在是小號的疏忽，恰好兄弟這兩個星期不在店裡，兩位店友沒有把手續弄好。」一個穿呢大衣的鷹勾鼻子，臉上有幾十粒白麻子，尖尖的下巴，鼻子上架了一副金絲眼鏡，那溜滑的眼珠，只顧在眼鏡下面轉動，他左手夾了兩本帳簿子，簿子上有「興華藥房」字樣，當然不是他帶來的東西。亞英作了一段時間的生意，所有商人必須經歷的階段，他都已明瞭，看到這個情形，心裡就十分清楚了。便站在店門口屋簷下，沒有走進去。亞雄隨了他站在後面，也呆呆的向那裡面看著。

那兩位大衣朋友，雖然板著面孔說話，然而殷克勤卻始終微彎了腰，含著笑容說話。那個拿著帳簿的人，將另一隻手拍了腋下夾著的帳簿道：「我們一年不來，你就這樣含糊一年，我們來了，你又說是你當經理的不在店裡，店夥沒有，把手續辦全。難道你這樣一說，就不必負責任嗎？你當經理的人，要離開店，就應當找一個負責任的店夥……」

殷克勤聽他的話，還不十分強硬，便不等他說完，搶著插言道：「是，是，一切我都應當負責任。天氣太早了，小店裡一點開水都沒有。不能讓二位站在這裡說話，請到廣東館子裡去喝一杯早茶。二位要怎麼辦，我一切遵守。」那個穿大衣空手的人，臉色比較平和些，便微笑了一笑道：「只要你肯遵守規則，那話就好說。」殷克勤伸出五個指頭來笑道。請二位在這裡等五分鐘，我上樓去拿點東西。那個拿著帳簿的道：「我有帳簿在這裡，不怕你弄什麼手段，我們就等你五分鐘。」殷克勤一面向雖走著，一面還答應了絕不敢玩什麼手段。那個空手人，在大衣袋裡取出一盒小大英紙菸，給這個夾帳簿的一支，自取一支，吸在嘴雖。那個下店門的店夥看到了，立刻在桌上搶著取了一盒火柴來，站在二人面前，擦了火柴，代點著了紙菸。夾帳簿的手指夾了菸吸著，偏頭噴出一日菸來，冷笑一聲道：「這些作投機生意的奸商，就只有用冷不防的法子來懲他！」

亞雄在店外看到，心想，這位經理不知上樓去幹什麼，這兩個人正想要懲他，他還把人家丟在櫃房裡冷淡著曬。他這樣替人家捏著一把汗，然而這位殷先生並沒有什麼大為難的樣子，笑嘻嘻的走了出來，向兩人點了一個頭道：「對不住，讓二位等了一下。走走，我們一路吃點心去。」那個拿帳簿的道：「有話就在這裡說吧！」殷克勤笑道：「這早晨又不能有什麼吃，算不了請客，不過家裡茶都沒有一杯，實在不恭，我們不過是去喝碗茶。」另外一個穿大衣的，就從中轉圜道：「好在時間還早，我們就陪他去喝一碗茶，也沒有關係，反正我們公事公辦。」那人聽到，默然的點了個頭，於是跟著主人走出來。

殷克勤到了這大門外邊，才看到區氏兄弟，向他們點了頭道：「原來是二位，早哇！我今天有點事，改日再談吧。」他一面說了，一面走著，也不曾停一下。

亞雄直等他們走遠了，才道：「這件事，我倒看出一點頭緒來了。」亞英笑道：「那麼，你那天所問我的那個新名詞『開包袱』，你可以懂了。這個山城，就是這麼一回事。反正是這一個原則，只要你應付得法，放到哪裡去，也可以走得通。他們也許跟我們在一家廣東館子裡喝茶，我們還可以把這齣戲從容的看完呢！」兩人談論著，走進廣東館子，見那茶座上已是滿滿的坐著人。兄弟兩個找到屋角裡，才找到一張空桌來坐下。剛剛坐下，便看到殷克勤三人的座位，也相離不遠，只隔了兩張桌子。殷克勤猛然看到區家兄弟，頸脖子一伸，卻像吃了一驚的樣子，但亞英和他使了一個眼色，並不打招呼。他這也就明瞭了，回看了一眼，並沒有說什麼。亞雄正是要研究這個問題，自然也都看在眼內，因之人在這桌上喝茶吃點心，心卻在殷克勤那邊桌上，看他們到底是經過一些什麼手續。約莫十來分鐘之後，只見殷克勤拿出一張花紙條來。憑著經驗判斷，那大概是一張支票。他滿臉帶著笑容，將支票交給穿大衣的兩個人裡面那個較為和善的。那人看了一看，趕快摺疊著塞在衣服袋裡。因為這食堂裡相當嘈雜，還聽不出他們說些什麼，只看他們彼此嘴動的時候，臉上帶了很和悅的樣子。就是那個夾著帳簿的人，也說笑著，敬了殷克勤一支紙菸。遠遠的看到殷克勤隔了桌面，站起來半鞠著躬，接受了那支菸，彼此在點著頭，都笑了一笑。半小時以前，在藥房裡辦交涉那種萬難合作的樣子，已不存在了。但那兩本帳簿，依然放在那人面前的桌子角上。殷克勤說笑著，眼光不住的向這兩本帳簿飄過來。那人似乎有些警覺了，突然站了起來，將帳簿拿著，伸到殷克勤面前來，他提高了聲音說話，這邊桌子上都可以聽到。他道：「殷先生，這一次我們原諒你是個初次。在重慶城裡不斷的見面，還真能為這事決裂不成！帳簿子你拿去，算我們攀上這麼一回交情。」

殷克勤搶著站起，兩手將帳簿子接著，笑著又點頭，又鞠躬。另一個人也站起來，走近一步，手拍著殷克勤的肩膀，笑道：「殷經理，可便宜你了！」說著伸過手來和他握了一握。那個夾帳簿的，也和他握了一握，同聲道著「多謝」，便一齊走出去了。殷克勤站在座邊，直看到這兩位嘉賓都出去了，才低頭看了一看帳簿，嘆了一口氣。也就在這時，他回看了看區氏兄弟，點著頭苦笑了一笑。亞英站起來，向他也連連的招了幾招手，他匆忙的會過茶帳，夾了那兩本帳簿，就走過來同坐，他笑道：「二位一到我小號門口，我就看到了。只是我要對付這兩塊料，沒有工夫來打招呼，也不便打招呼，真對不住。這一次茶點，由我招待。」

亞英坐在他對面，提起小茶壺向他面前斟上一杯茶，笑道：「本來呢，我是無須和你客氣，只是你今天的破費已經很大了，我不應當在今日打攪你。」他笑道：「那是另一件事。在重慶市上作生意，一個不小心，就容易遇到這一類的事，現在社會上，都說商人發國難財，良心太黑，其實像今天這兩塊料，比我們的心還黑得多！我們好比是蒼蠅，他們就是蠅虎子，專門吃蒼蠅！」亞英道：「這話不大確切，我們是肥豬……」他笑道：「老朋友初見面，說好的吧！」亞英笑問道：「那麼，你今天破費了多少呢？」殷克勤將帳簿放在桌沿上，用手連拍了幾下帳簿道：「五千元法幣，不多，還不夠他們兩人買一套西裝呢！所以他們點心也沒有吃飽，又去趕第二家。」亞雄聽了這話，倒昂起頭來，長長的嘆了一口氣。

舊地重遊

區亞雄這番驚嘆，他兄弟也有些不解。殷克勤是個久不見面的老朋友，自然更是奇怪，都不免一同呆望了他。他正端了一杯茶，慢慢的要喝下去，看到兩人對他注意，便將茶杯放了下來，笑道：「我不嘆別人，我嘆我自己。我們辛辛苦苦一天八小時到十小時的工作，絕不敢有十分鐘的怠工。偶然遲到十分鐘，也是很少見的事。至於意外的錢，不但沒有得過一文，也沒有法子可得一文。這一份兒誠懇，只落到現在這番情形！」說著，便將右手牽著左手藍布罩袍的袖子抖了幾抖。

殷克勤笑道：「亞雄兄，不用說了，你的意思，我明白了。你以為你奉公守法，窮得餓飯，那處在反面的，卻穿得好，吃得好，還要在人家面前搭上三分架子，充一個十全的好人。」亞雄道：「可不就是！」殷克勤笑道：「亞雄兄，你雖然還幹著這一項苦工作，可是兩位令弟，現在都有了辦法。你就住在家裡休息，有他們兩位賺大錢的老闆，也不至為生活發愁。」亞雄道：「我倒不是為生活而發生感慨，我覺得作壞人，不但沒有法律制裁，也沒有人說他一句壞話。作好人呢，固然不必圖什麼獎勵，有時還真會在社會上碰釘子，這叫人何必去作好人呢？」

亞英想著殷經理這種賄賂行為，在重慶市場上是很普通的，照說收支票的人，雖然不對，拿出支票來的人，也是一種不合法行為。如果他哥哥只管說下去，殷克勤是會感兩難為情的，便在桌子下面用腿輕輕碰了亞雄兩下，笑道：「不必再討論這些閒話了。我們該和殷經理先留下一句話。」說著將臉掉過來，對著殷克勤道：「有一位舍親，由廣州灣那邊押了一大批貨入口，大概今明天可以到海棠溪，若有西藥的話，你要不要？」殷克勤道：「我們作生意的人，現在只要有錢，沒有不進貨的道理。只是要考慮這貨，是不是容易脫手的。」亞英笑道：「我們這位舍親，也是百分之百的生意經。假如不是容易脫手的貨，他也不會千辛萬苦的從那邊帶了來。我想他一定是先把各種貨物的行情，打聽好了，再去辦貨的。」殷克勤想了一想，點頭道：「這樣好了，令親來了，請通知我一聲，我請他吃飯，由二位作陪。」亞雄笑道：「怪不得館子裡生意這樣好，你們作大老闆的人，對於請客，那是太隨便了。我那舍親姓什麼，你都不曾問得，我們口頭上一介紹，你就要請他吃飯，現在小請一頓客，已非數千元以上不辦，更不用說大請了。」殷克勤笑道：「令弟知道我在商人中，並不是揮霍的人。這樣隨便請客，可以說是商人的一種風氣，也可以說是一種生意經。演變的結果，那不願接洽生意的人，常常可以這樣說：『他飯都沒有請我吃過一頓，我理他作什麼？』這麼一來，每一趟生意的成功，吃個十回八回館子，那簡直算不了一回什麼事。」亞雄笑道：「仔細想來，這不是行商請坐客，也不是坐客請行商，乃是消費者請商人。你們請客的那一筆帳，都記在貨品身上。老實說，像你們老闆們這樣慷慨的花錢，我們消費者在一邊看到，心裡就想著，又有什麼貨品要漲價了。」殷克勤笑道：「我們商人，還有貨換人家的錢，至於銀行蓋上七層大廈、十層大廈，你就沒有聯想到有些物品要漲價嗎？」亞雄笑道：「有的。昨天上午，我還為著銀行招待所招待貴賓，白吃白住，發生極大的感慨。那些錢是由銀行的經理掏腰包呢？還是由會計主任掏腰包呢？老實說，為了這些，我對於世界上所有的商人，都不發生好感。商人是什麼，商人就是生產者和消費者之中的一群寄生蟲……」

他說得高興了，只管把他的感覺陸續的說了出來，直封說出寄生蟲這個名稱，覺得實在言重，便立刻笑道：「高調是高調，事實是事實，我自己就有著很大的矛盾，我兩個兄弟不都是商人嗎？」

殷克勤笑道：「我們也不十分反對亞雄兄這話。亞英兄是個學醫的，我也是個學醫的，若不是戰爭壓到我們頭上，也許我們兩個人還都在學醫，或者考取了公費，已去喝大西洋的水了。現在有什麼法子呢？要繼續求學，根本沒有這種機會，而且家庭情況變了，也不能不叫我出來作事，以維持家庭的開支。談到作事，如今只有作生意比較容易賺錢，我就走上作生意的這條路。等到戰事結束了，只要有法子維持生活，我決計繼續去學醫。就是年歲大了，不能再學醫，我也當另想個謀生之道，我絕不這樣渾水摸魚，再作生意了。」

亞英道：「現在作生意，也許有點渾水摸魚的滋味，然而到了戰後，社會的情形恢復了常態，難道還是渾水摸魚嗎？」殷克勤望了亞雄笑道：「若照亞雄兄的說法，作商人的永久是渾水摸魚呢！」這樣說著，大家都笑了。

亞英在身上掏出一張百元的鈔票，抬起手來向經過的茶房，招了一招。茶房走過來笑道：「這桌上的帳，殷經理已經代付過了。」亞英看他時，殷克勤微笑道：「在這個地方，我要插嘴會帳的話，無論你有什麼本領，你也會不了帳，這個地方我太熟了。每天至少來一次。」那茶房點頭道：「剛才殷經理會那張桌子的帳時，已經存錢在櫃上了。」亞英笑道：「這個茶房說話，還帶上海口音，年紀又輕，照例不會太知道對客人客氣的。但是他左一聲殷經理，右一聲殷經理，大概殷兄在這裡，果然不錯，我們只好叨擾了。」亞雄皺了眉道：「只是今天的叨擾，我覺得不大妥當，人家正在所費不貲之時……」說著微微一笑。

亞雄雖感覺到兩日來每一次的聚會，都可以得著許多知識，多談一會也好，然而抬頭一看食堂牆上的時鐘，已到八點，因向亞英道：「我該辦公去了。中午這頓飯，假如可以不去叨擾人家，就不叨擾人家吧。你也應當去看看二姐，她到重慶來了這樣久，你還沒有見過面呢！她住在溫公館，你可以先打個電話去問問。」說著向殷克勤道謝而去。

亞英此時無事，倒感覺無聊，走出了廣東館子，站在人行道上，東西兩頭望著出了一會神。自言自語的笑道：「截至現在為止，我還沒有花過一個錢呢！」於是兩手插在大衣袋裡，閒散的在街上走著。忽然一想，何不到拍賣行裡去看看，也許還有一些用得著的東西？想到這裡，不免伸手到西服口袋裡，覺得裡面的鈔票是包鼓鼓的。他又繼續的想著，把這些鈔票花光了，也不要緊，眼前幾個熟朋友都很有錢，隨便向哪個借個幾千元都不會推辭的。於是就找著最大的一家拍賣行進去參觀。

因為這時還在上午，還不到拍賣行的買賣時間，兩三個店夥正在整理著掛竿上的舊衣服。帳房先生拿了一份報，坐在帳櫃裡。口裡打著藍青官話，在那裡自言自語的讀社論。還有兩個店夥，將頭伸在一處圍了玻璃櫃子，站著在看一樣東西。看時，乃是一張填滿了號碼的單子，大概是一張儲蓄獎券的號碼單。由此看著，他們是相當的閒了。亞英不去驚動他們，他們也不來注意客人。亞英看左屋角一道衣架上，總掛有上百套西服，雖然舊的極多，也有若干是顏色整潔的。便背了手，順著衣架子，一件件的看去。正注意看著，偶然有幾下高跟皮鞋響聲，送進了耳鼓，也不曾去理會。隨後，又陸續聽到兩個婦女說話的聲音。聽到一個男子聲音道：「賣給我們也可以，但我們出不了那多價錢，最好是寄賣，多賣到一些錢。」又聽到一個女子聲音道：「寄賣要多少時候，才賣得了呢？」亞英覺得這個人聲音很熟，不免回轉頭來看上一看。原來是兩個少年女子，站在櫃檯邊和拍賣行裡人說話。其中有個女子手上夾了一件青呢大衣，恰好她回過頭來向四處打量著，亞英看清楚了，她正是亞杰的好友朱小姐。在亞杰沒有改行做司機前，兩人已達到訂婚約的階段了，自從亞杰改行以後，很久不曾見面，沒有聽到過她的訊息，不料會在這裡遇到她。這是未便裝糊塗的，便向前一步，點了個頭笑道：「朱小姐，好久不見，你好？」

朱小姐身上，穿著薄棉袍子，看到了熟人，向她手上大衣注意著，便先紅了臉，勉強點點頭道：「真的，好久不見，聽說你發了財了。」她說話時，覺得站在這拍賣行的櫃檯邊，是很大的嫌疑，便很快的掉轉身來，要向外走。和她同行的那個女子，很了解她的用意，也就跟著走了過來。但她在這匆遽之間，烏眼珠子轉了兩轉，似乎有了一點新念頭，便鎮靜著把臉上的紅暈褪下去了。她站定了腳，向隨著走來的亞英笑道：「不是聽說你到仰光去了嗎？」亞英道：「到仰光去的是亞杰，不是我。他回來過一次的，沒有見到他嗎？」朱小姐在臉上現出一種憂鬱的樣子，將兩條纖秀的眉毛緊蹙到一處，但立刻又微微露著牙齒一笑，微微搖頭道：「你不知道他現在的態度嗎？」亞英笑道：「亞男常唸著你，見過沒有？」朱小姐點頭道：「她倒是很好，只是你府上喬遷到鄉下去了，我無法遇見她。」

這位朱小姐一面說話，一面向亞英周身上下打量著，把上面牙齒微微的咬了下嘴唇，然後點頭道：「你現在是開公司呢，還是開寶號呢？」亞英已想到她現在的境況了，笑道：「既不開公司，也不開寶號，說來你未必相信，我挑著一副籮擔在鄉下趕場，作小生意。」朱小姐鼻子聳著哼了一聲，笑著搖搖頭道：「年頭兒真是變了，有穿著這一套漂亮西服，挑籮擔趕場的嗎？」

那位同行的小姐聽了這話，笑著把頭一扭，長圓的白臉兒，漆黑的頭髮，在這一笑中，特別透著嫵媚。亞英笑道：「這是亞杰穿剩下的西服，分給了我一套，這也算不得什麼排場。」他說這話，是替他兄弟再試一試朱小姐的態度，看她到底是親近，還是疏遠。朱小姐本已站定腳，聽了這話，又向拍賣行外面走了兩步，臉上帶了一些微微的笑容，點著頭道：「我早知道他發財了。他常回重慶來嗎？」亞英道：「不多幾天走的。他回來總是很短促的幾天，也沒有工夫去看你。」朱小姐淡笑了一聲道：「他看我作什麼！亞男怎麼樣？她現在經濟問題解決了，可以到大學裡去，把那一年半學業唸完了。」亞英道：「她很想念你，你何不到我們家裡去玩玩？她還有點東西要送你呢。」

朱小姐低頭一笑，又沉默了一兩分鐘，然後向亞英笑道：「你先帶個信去謝謝她，下鄉是沒有工夫。她進城來，若是肯來和我談談，我是十分歡迎的，我們總是老朋友呀。」她正是這樣連續的向下談話，那位同行的小姐站在拍賣行門口，半側了身子，一隻腳已跨到大門外，回轉頭來向朱小姐望著，只管皺了雙眉，微微的笑著。朱小姐再向亞英點了個頭，連說「再會再會」，就挽了那位小姐一隻手一路走了出去。

亞英覺得朱小姐的態度，很有轉圜的可能，大可以回家去給亞杰寫一封信，報告他這一段好訊息。可是那一位小姐，笑嘻嘻的跟了她走，也很有趣，可惜不知道她姓什麼。他這樣想著，就把向拍賣行裡蒐羅物品的念頭打消，立刻走出來，想跟著朱小姐再走一截路。可是人家到拍賣行來，其目的和他正相反，很不願再碰到熟人，已經匆匆的走得不見人影了。

亞英帶了三分悵惘的心情，慢慢的走回旅館，就在床上躺著，意思是要等亞雄來同赴李狗子的那個約會，而且他也急著想見妹妹亞男，好和亞雄商定了，今天就回鄉探望雙親。

然而父母對兒女之心，是比兒女愛父母更為迫切。當天正午，他在旅館裡面等候得有點不耐煩的時候，卻聽到茶房在門外道：「就在這間屋子裡。」隨著這話，門上敲了響，有個蒼老的聲音，而且帶些抖顫，叫了一聲亞英刀。他一驚，這是父親的聲音呀，立刻跳向前來，將門開啟了。只見區老太爺，身穿半舊灰色布棉袍，頭上戴著呢帽，一手提了旅行袋，一手提了手杖，站在門外。他不覺直立著，低聲的叫了一聲「爸爸」，便彎腰接過手杖和旅行袋。老太爺進來了，對屋子周圍看著，見有沙發，有辦公室，又有很好的床鋪，便道：「這房間是上等房間呀！你們現在都學會了花錢。」亞英立刻將桌上的茶壺，提起斟了一杯茶，放在桌角上，笑道：「這是剛泡的熱茶，你喝一杯吧！」老太爺且不喝茶，手扶了桌沿，向亞英臉上望著道：「你果然過的還不錯。你這孩子的脾氣越來越不對，到了重慶，還不回去看看父母！」亞英笑道：「原來預備今天下午回去的，你老人家怎麼知道我住在這裡呢？」老太爺道：「我也不能未卜先知呀！你知道你那香港的二姐夫林宏業要來了，我在今早上和亞雄通了個長途電話，問他來了沒有。他就告訴我你到重慶來了。你要知道你母親是十二分掛念著你。我立刻在家裡取了個旅行袋，就趕上了汽車站，恰好有一班車子要開，一點沒耽誤，我就來了。你應當知道父母對於兒女，是怎樣的放在心上，只要兒女不把父母拋棄了，父母是會時刻記掛他的。」

亞英見父親來到，心裡已經受到很大的感動，再聽到父親這話，簡直是怔怔的站著，說不出話來。區莊正又向屋子四周看看，再向兒子身上看看，點點頭道：「我知道你可以自給自足了。士各有志，我也無須再說什麼，見了面，我就高興。」亞英道：「我的意思，上次已經託大哥向爸爸說了。這樣的作風，我知道辜負父親的庭訓，好在我並不打算永遠這樣幹下去。」說著，在西服袋裡掏出了一隻鍍銀扁盒子，將盒蓋子掀開，裡面滿滿的盛著整齊的兩排菸卷，將手托著送到老太爺面前來。老太爺且不接菸，搖了搖頭笑道：「我覺得我以前的主張，是不錯的，不要你們年輕的人賺到那比較容易的錢。以前你是不吸紙菸的，如今你就在紙菸拚命漲價的時候，學會了吸菸。」說著，嘆了一口氣。亞英將菸盒放在桌子角上，找了一盒火柴，也放在那裡，因笑道：「我沒有敢忘本，這菸是應酬朋友的，說起來你會不肯信，如今作生意的人，講起應酬來，比以前官場還要殷勤。沒有相當的應酬，交不到朋友，也作不到生意。」

老太爺雖然不贊成兒子吸菸，可是一回頭看到桌子角上菸火齊全，就情不自禁的拿起一支來吸著了，身子靠在椅子背上，將腿架起來，手夾菸支在嘴邊，閒閒的噴了一口煙，因微笑道：「現在你這樣作生意，就算順著這個不正常的潮流吧，我也不反對你，可是到了戰後，你打算怎樣呢？人生在世，一半是為了自己餬口，一半也應當為別人盡點義務，用科學的眼光分析起來，商人是為別人服務的精神少，而剝削別人的精神多，尤其現在的商人，藉著抗戰的機會，吸著人民未曾流盡的血以自肥。」

亞英還是站在那裡，向他父親笑道：「你和大哥的話一樣，把商人罵得一錢不值、其實商人如拿著合法的利潤，也無可非議。」老太爺將手一拍大腿道：「利潤這一名詞，根本就可以考量。生產者出了血汗，製造貨品供給大家，消費者又把他血汗換來的通貨，向生產者去換取貨品。這是生產消費兩方面最公道的義務權利對待，這和商人什麼相干！商人用一元錢在生產者那裡販了貨品來，卻以二元錢的價格賣給消費者，他從中這樣一轉手，白白的賺甲乙兩方二元價值的血汗。這就是他的利潤！『利潤』這兩個字，還怕不夠冠冕，又在上面加上『合法的』三個字的形容詞，一切罪惡，就在『合法的利潤』一句話下進行。你不要以為老頭年紀這樣大，思想怎麼『左』起來了，其實我的思想還是很舊的，我在你們小的時候，不就教你們一些正心、修身、齊家、治國的那些孔門哲學嗎？我和你大哥今日之所以有這番對於商人剝削的感想，都是三年來實習著社會學最現實的一課得來的經驗。你看有許多不像樣的人渣，自從他們一作了國難商人，就成了上流人物，我們這讀書數十年的人，作人知道作人的道理，作事知道作事的道理，而反在形式上變成了人渣！整個社會的經濟動態，都受著這一群人渣的影響……」

這個結論還不曾講完，一個說江淮口音的人在屋子外面叫了起來：「亞英，你們老大來了嗎？」亞英笑道：「李經理，你來得正好，我們老太爺在這裡。」說話時，李狗子進來了。這時他已不是昨天穿西服那個打扮了，身上穿一件藍湖縐的狐皮袍子，兩隻袖口向外捲起了一寸寬，捲出了裡面白綢小衣的袖子，左手拿著淺灰色絲絨笠形帽，右手拿了一根朱漆藤杖，口裡銜了大半截雪茄。

老太爺沒有想到他是熟人。這時他走了進來，只覺得是一個肥粗的大黑個子，禿著和尚頭，而衣冠又是上海富商的樣子，倒像是個工廠的老闆，便站起來點了個頭。究竟這李狗子還不能完全忘卻前事，他看到區老太爺那副慈祥而又嚴肅的樣子，和當日在南京所見無二，只是蒼老一點罷了。

既然想到了南京，那就不便忘了自己的身分，於是也不伸出手來握了，兩手抱了帽子和藤杖，作了一個揖笑道：「老太爺還認得我嗎？總想過來拜訪，一直沒有走得開，不料在這裡倒見到了。」

老太爺想起來了，這是南京拉包車的李狗子，便「哦」了一聲，立刻回揖道：「記得，記得！一直想到貴公司去奉看，我又少進城。好在和孩子們常見面，已經教他們向李經理深深的致意。」李狗子將手杖和帽子都放下了，聽了這話，兩手抱著拳頭，拱齊了胸口，彎了腰道：「你老人家這樣說話，我怎樣敢當！我也是託福，作了幾票生意，手邊稍微順一點。老李還是老李，你老人家叫我一聲號，已是很賞臉了，怎麼還這樣稱呼？」老太爺一想，這可真慚愧，我哪裡知道你是什麼號，便點頭笑道：「請坐吧。本來就是經理，這也不是什麼過譽呀！」

李狗子在身上一摸，摸出一隻扁皮盒子，裡面插了一排白錫紙捲了中腰、加貼紅印花的粗大雪茄，一齊送了過來，放在桌角上，因笑道：「請你老人家嘗嘗。這還是香港轉進口的真呂宋菸。」老太爺吸過兩門博士的舶來雪茄以後，又是很久不嘗此味了。現在李狗子擺了這許多珍品在面前，自不免順手抽了一支來看。李狗子坐在下手椅子上笑道：「老太爺，若是喜歡這個，連皮匣子都送給你老人家吧！」老太爺笑道：「這如何敢當，君子不奪人所愛！」李狗子道：「這也太值不得提起了。我家裡這樣的雪茄，還有一點，我明天專人送到這裡來。老太爺明天還不下鄉吧？老太爺道：亞英在外面日子很久，他母親很不放心，我想明天一早同他下鄉去。」李狗子兩手拍了皮袍子笑道：「那不行！今天晚上是要奉請老太爺喝三杯，館子裡不便喝酒，就請到敝公司三層樓上去喝吧。——還要宣告一句，今日中午，本約了大先生吃午飯的，沒有想到老太爺會來，不成敬意，順便也請老太爺去，晚上才是專請。明日中午呢，我猜著褚經理一定要請的，他老早就約了我，要到老太爺公館裡去拜訪請教，如今知道老太爺來了，他有個不請請老太爺的嗎？」說到褚經理，區老先生就知道是在南京開老虎竈賣熱水的老褚。

老太爺道：「我是要當面謝謝你，上次蒙你的好意，對我頗有點賙濟，真是受之有愧。」李狗子抱了拳頭連拱兩個揖道：「你老人家怎麼這樣的說，巴結還怕巴結不上呢！我們這些人的出身，是瞞不了你老人家的。」說著，他回頭向門外看了一看，因低聲笑道：「我們不懂的人情和世故，都還多著呢！我們一定要找個老前輩當我們高等顧問。還有一層，到了如今，我們才知道一個人不認得字，不便的地方太多了，不瞞你老人家說，生意我們算是做通了，這一輩子吃飯穿衣，大概不會發生什麼問題的。就是我們不認得字，處處受人家的欺，不用說訂合約這些大事了，就是開一張發票，也要看管帳先生的顏色。」老太爺道：「李老闆在這種情形之下，應該請一位很可靠的文書先生才好。」這句話好像說到他心坎裡去了，哈哈一聲笑著，兩手同時拍了大腿站將起來，大聲道：「老先生你這句話，可不是說著了嗎！我和褚經理就都這樣想著，若是大先生肯把公務員辭了，我們一定請他。不敢說是文書，就算是我們的老師吧。我們有這樣一個老師，什麼都可以放心，就決計共奉送大先生車馬費每月一萬元。只是有點特別的請求，就是大先生管理兩家公司文書之外，每天教我們幾個字。」說到這裡，似乎有點難為情，微偏了頭望著老太爺，把眼睛笑得瞇成了一條縫。

老太爺笑道：「請坐，請坐。這樣大的薪水，你還怕請不到好文書嗎？只是亞雄幹了公務員十幾年，一旦把這多年的成績付之流水，他也不能不考量。這是他一生出路問題，我也不能十分勉強他。」李狗子不曾坐下，依然站著說話，他道：「那自然，是要得著大先生的同意。不過趁著老先生在這裡，可以請老先生勸說兩句，你老人家不要說出了這樣多的薪水，就可以請著好文書先生，像大先生這樣貼心的人，那是難逢難遇的。現在我和褚老闆各請了一位文書先生，合算起來，薪水也差不多過萬了。我們總要看他們的顏色，好像就是恥笑我們不配請他。嘿！年輕的人若不肯念書，那真是該死，我就是個榜樣。」說著，他又重重的伸手拍了一下大腿。

正說著，亞雄果然應約而來，一見父親來了，自是歡喜。還沒說話，只見李狗子抱了拳頭，打著躬笑道：「有希望，有希望，我猜著大先生不見得會賞光的。現在既是來了，那就肯吃我的飯，請一頓飯肯來吃，那麼，就是以後請吃飯，也可以賞光的了。時間到了，請，請！我們這就吃飯去。」亞雄走進來，聽到他這一頓說話，倒有些莫名其妙，只是呆呆的向他望著。老太爺因笑著把他的意思解釋了。

亞雄笑道：「叨擾李經理一頓飯是一件事，給李經理幫忙，那又是一件事。」李狗子把放下的帽子和手杖一齊拿了起來，又拱了手笑道：「話不在這裡說，吸鴉片菸的人，鴉片燈下好商量事情，吃酒的人，好在酒杯子邊上商量。我們就走吧！」亞雄笑道：「李經理的性子還是這樣爽快，恭敬不如從命，我們就跟著你走吧。是哪一家館子？」李經理將右手大拇指和食指比了一個圈圈，在嘴上親了一親，笑道：「在館子裡喝不痛快，到我們辦事處去喝。雖然路多一點，不要緊，出門去，我們就叫車子。好了，老太爺，請，請！」說著他就微彎了腰，作出等候的樣子。

區家父子三人，總為他這一份恭敬，只好受著他的約請，大家坐了一輛人力車，到一個巖口上停車，老太爺不覺「呀」了一聲道：「這是舊地重遊呀！我們從前住的房子，不就在這坡子下面嗎？」亞英站到坡子口上，向巖下面望了一望，見新闢的一條石子馬路，老遠的翻過了一個小山崗，奔到了巖腳，原來那些住宅區的人家，卻少了一半。倒是棕黃色的草頂矮房子，左一叢，右一叢，在那曠大的敞地上散布著。因回頭向老太爺笑道：「這讓我們不禁感慨系之了。」

李狗子正忙著和客人找轎子，並沒有理會他們在談話。他找了轎子，回轉身來，見老先生左手摸著鬍子，右手握了手杖，撐住地面，放在身後，只是向坡子下面出神，便笑道：「老太爺，你看下面的坡子不是很陡嗎？其實我們若坐汽車兜了一個圈子，還是可以去。如今就是汽油不好買，大小車子有的是。請坐轎子吧。」老太爺笑道：「這個地方，我們住過一個相當的時期，所以看著有點出神。下坡路不用坐轎子，我們走下去吧。」李狗子笑道：「走下坡路，看去好像不吃力，到了重慶來，我們也就有了經驗，下坡路走得多了，那腳桿子和腳後跟，震得人一顛一顛的周身都不受用。」老太爺笑道：「這話是對的。可是什麼困難事情，都可以被習慣克服。我們先來重慶一步，又是一來就住在這上下坡的所在。每日上下坡，至少也有兩次，所以我倒不怎麼感到困難。將來回到下江去了，我這兩條老腿，倒還可以和人賽一賽跑。」

老先生說這些話，自是無意的。亞英聽了，恐怕李狗子誤會這是打趣他的，便插嘴道：「我們倒要看看這些舊日鄰居，敵機炸後生活成個什麼樣子了。還是走的好，要不然，家父出門，總也是坐車子的。」他一面說著，一面下了坡子走。老太爺也就立刻省悟過去亞英是什麼意思，笑道：「既然來到這裡，可以看看我們舊日鄰居。」他說時，拄了那手杖，篤篤的打著石坡子響，也走下去了。因為如此，大家都丟了轎子不坐，一齊跟著後面走下了坡子。約莫有三五十級，老太爺站定了腳，轉著身子四周看看。」

李狗子道：「你老人家找什麼？坡子還沒有走一半呢！」老太爺道：「我記得這個地方有爿小茶館，當日我家被轟炸之後，將東西由炸壞的房子裡搶出來，亂放在露天地雖過夜，偏偏遇到大雨，把我全家淋得落湯雞一樣，大家搶到這坡子中心來，已有個半死。在這小茶館裡躲雨，那老闆還不肯，幸得那個苦力楊老么幫了我們一個忙，才安下身來。要不然，那樣傾盆大雨，叫我們臨時往哪裡去！」

這時，有個穿了一套灰布中山服的，正由坡下向上走，聽了這話，突然停住了腳，對這一群人上下打量了一番。他呵力了一聲，然後向老太爺點了個頭笑道：「好久不見，老太爺發福了。」亞雄向前一步，對他父親笑道：「你記不得了嗎？這是宗保長。」老太爺笑道：「對不起，我健忘得很。宗保長還住在這裡？」他嘆了口氣道：「慚愧得很，往年在這裡住著的人，好多發了財喲。只有我還是這個樣子。老太爺你說的那個楊老么，現在不著爛筋筋了，了不得了，發了幾百萬大財。舊日的朋友，都變成了仇人。」說著從灰色衣袋裡抽出一方灰色的手絹，擦了紅額頭上的汗。

老太爺道：「不錯，他是發了財，可是他很念舊，正和你所說的相反。我們和他，可以說沒有什麼交情，可是他對我們客氣的了不得呢！你當年作過他頭上的保長，他……」宗保長跌了腳道：「還用說，就是為了當年的事，如今和我扯拐。你看嗎，這裡前前後後，每一塊地皮，都是他的了，我住的那兩間房子，原是佃的，去年子開茶館，自己又蓋了兩間，如今房東把地皮賣給他了，他要收回去蓋洋房子。」老太爺笑道：「就算如此，也是他行他的本分，不能說是把你當仇人啦。」宗保長道：「他就是把我當仇人，那也應該。當保甲長的人，沒有人說好話咯。」老太爺笑道：「這話太有意思，果然如此，這保甲制度還能施行嗎？」宗保長道：老太爺，說給你聽，你不肯信。他現時就在我那茶館裡，硬是威風。我陪你去看看，包你要生氣。勞老太爺回頭向亞雄笑道：「這可怪了，照我們的看法，這個人是相當可取的，他怎麼會在熟人面前逞威風呢！」亞雄道：「反正也不彎路，我們就到那裡去看看。你老人家不是要和他談談嗎？」老太爺道：「宗保長，若有這個興致，我們一同走一次。」宗保長臉上帶了笑容，拖長了聲音說聲「要得」。於是他首先一個在前面引著路。

宗保長這爿茶館，在巖下路轉彎的三岔路口上，左隔壁是小麵館，右隔壁是燒餅店。他的茶館除了店堂裡面陳設了七八副座頭之外，還有幾張躺椅，夾了茶几，放在店門口空地上。大家走來了，遠遠地看到楊老么穿著青呢大衣，端坐在門口一張桌子正面，兩邊有兩個戴著盆式呢帽、身穿藍布大褂的人，含了笑容相陪著，此外前前後後，每副座頭上，都坐滿了人，而且十之八九是短衣赤腳的苦力朋友，大家鬧哄哄的談著話。

楊老么坐的那張桌上，放了一隻敞開蓋子的小皮箱，裡面放了整疊的大小鈔票。箱手邊還放有紙墨筆硯等類。那裡有一個穿藍布大褂的，正提著筆在面前的紙單上圈了一圈，喊道：「李二嫂！」只這一喊，過來一位五十上下年紀的婦人，穿件青布破襖子，蓬了一把頭髮，用一塊舊得變成了灰色的白布帕子，紮了額頭，在灰藍單褲下，伸出穿了一雙麻索捆縛著的青布鞋子。她走到桌子面前，兩手按了面前的衣襟，連連的彎了腰道：「楊經理作好事，明中去暗中來咯。我是苦人哪，要多多道謝咯，讓我們多吃兩碗吹吹兒稀飯嘛！」

楊老么倒是站起來欠了一欠身子，可是在兩旁的兩位穿藍布長衫先生，卻大大方方的坐著，絲毫沒有什麼感覺。那個叫她過來的人，卻在口角上斜銜了大半支紙菸，微偏了頭向她望著道：你朗格這樣多話喲！說著，在那小皮箱裡取出一疊鈔票，掀起了兩張，丟在桌子角上。她又鞠著躬連道。「經理作好事嘛！」

楊老么點了頭道：「這位大嫂，我認得她，她老闆是賣擔擔麵的。你老闆近來生意好嗎？」她道：「咳！不要提起，上兩月死了，丟下三個娃兒朗格作嗎？」楊老么道：「去年子，我吃過你老闆兩碗擔擔麵，當時沒有給錢，約了過兩天還帳的，後來我病了，沒得錢把他，我不好意思見他。他見了我，倒不向我要帳，這是一個好人。要講交情大家講交情，他死了，我也要對得住死鬼。」說著，在皮箱裡取出一疊鈔票舉了一舉道：「這是一千塊錢，小意思，請你代我買一分香燭紙錢，到你老闆墳下燒燒。多了的錢，割兩斤肉，娃兒打打牙祭。」說著走出座位來，將錢交給那婦人，那婦人想不到隨便請求一下，競得著這樣多的錢，兩手捧了一千元鈔票，竟沒有作道理處。四圍坐著的人，早是轟然一聲相應，表示著驚訝與欣慕。那個穿藍布衫的，又站起來道：「你這位大嫂，真是啥子也不懂，楊經理有這樣的好意，你還不道謝！」

這時區老太爺一群人，也緩緩的越走越近了，看到楊老么這種慷慨施惠的情形，也有點愕然，不免停止腳步，呆了一呆。楊老么猛然一回頭，首先看到了老太爺，立刻搶上前深深的向他鞠了一個躬笑道：「好久就想去拜訪老太爺，不想在這裡碰到，你老人家是我的大恩人！」區老太爺見他執禮甚恭，猛然倒不知道怎樣是好，只有兩手抱了拳頭，連連拱了幾下道。「楊老闆太客氣，太客氣。」楊老么看到亞雄，又深深的點了點頭笑道：「請大先生到我公司裡去耍吧，朗格不賞光？」亞雄笑道：「我們剛才由坡上下來，聽到宗保長說，就特意看你來了。」楊老么笑道：「我就不敢當。這個地方沒有啥子招待，吃碗茶吧！」老太爺笑道：「茶是不必喝了，我有兩句話和你說。這宗保長從前是鄰居，雖然有些事虧累著你的地方，但也無非根據公事說話。如今你不在這裡住了，過去韻事可以不必介意。」「那宗保長臉上帶了苦笑，縮在老太爺身後，並沒有說什麼。楊老么笑道：那是宗保長多心。我哪裡和他說過啥子，他看到我今天同了一班朋友來了，又在他茶館裡喫茶，以為我是來和他扯皮，我哪有這樣多工夫喲！」說著，望了宗保長微笑了一笑，接著道。「老太爺，作人總要有良心，我當年在這裡賣力的時候，熟人很多，現在來看過兩回，苦人還是多喲。也是幾位弟兄和我商量，替老鄰居幫幫忙，所以我今天帶一點款子來，送大家一點茶錢，二十塊，三十塊，隨便奉送一點小意思。同這麼多老鄰居我都客氣，難道就單單跟他宗保長過不去，會扯啥子拐？」

老太爺向宗保長笑道：「這樣說，你是多心了。他帶著這許多人到你茶鋪來喫茶，你也是一筆生意呀！」宗保長道：「我怕不是一筆好生意，但是這房子，是他公司的了，我怕這樣多人是來收房子的。」楊老么笑道：「你一個作保長的人，怕啥子喲，來了這多人，正好你都可以拉了去當壯丁。」說著，昂起頭來哈哈一笑。老太爺笑道：「楊老闆，不說笑話。今天你是個義舉，一好就百好。宗保長這所住房，你今天可以不必和他交涉，慢慢的和他解決好嗎？」宗保長道：「怕我不曉得，楊經理現在發了財，就是為了要出我一口氣，出了上百萬，把這一帶地皮收買了，把我的房子也收買在內。」老太爺道：「宗保長，我已經和你調解了，你為什麼還說氣話？楊老闆，我平心說一句，你拿出百十萬塊錢來置產業，當然有你的作用，你雖有錢，也不會為了要出宗保長一口氣，故意買這一片地皮，但是順便在老鄰居面前擺一擺這點財運，也許有的。現在我來為你們作個公平的調解，假使你公司收用這片地皮的話，請宗保長不要多心，既然是個保長，要知道國家的法律。至於楊老闆呢，既然和許多老鄰居都肯幫忙，請你對他也大小幫個忙吧！」

楊老么兩手抱了拳頭，拱了兩拱，笑道：「就是，就是，老太爺你是個明白人，你吩咐的話一點不錯。」老太爺回轉身來向宗保長笑道：「宗保長，你聽見了，人家已經當面認可了。自此以後，你們還是好朋友呀！」楊老么道：「宗保長，我說話算話，你放心，今天在這裡打攪你一頓，也不能教你吃虧。」說著回過頭來，向那管錢的人道：「有一百碗茶沒得？」那人起身答道：「五十碗茶還不到咯！」楊老么道：「那我們付五百塊錢的茶帳吧！」宗保長聽了這話，倒不覺得露齒一笑。

果然那個管帳的立刻拿了一疊鈔票離座，直奔過來，交與了宗保長，笑道：「你說楊經理絆燈有這樣的人天天和我絆燈，我都歡迎咯！」宗保長手裡拿了那五百元鈔票，也嘻嘻的笑了。

老太爺向他兩個兒子笑道：「他們這個局面，頗也有些意思，我們是否還要繼續參觀下去？」宗保長插嘴道：「我們有下江來的龍井，泡一碗茶吃嗎？」李狗子站在一群人後面，他也把這事情看了，便笑道。「老太爺，不必在這裡很久的耽誤下去了，我們還要趕著去喝兩壺呢！」楊老么見他們沒有駐留之意，哪裡肯放，站在路頭上，擋了大家的去路，只管讓著說稍坐一會。老太爺笑道：「楊老闆，我很知道你這番誠意。大家都住在重慶市圈子裡，你還怕少了見面的機會嗎？譬如今天我們就在這裡相會了。這位李經理，也是多年以前的熟人，今日才得見面，見面之後，他也和楊老闆一樣的親熱，請我到公司裡去吃飯。現在正是吃飯的時候，我怎樣好在這裡喫茶呢？而況我看你這裡也很忙。」李狗子點了點頭笑道：「一看楊經理，就是個好朋友，若不嫌棄的話，請一路到敝公司去喝兩盅。」說著，他已動腳在前面走。楊老么料著無法挽留，只好隨在老太爺後面問明了住處，說是第二天再去奉請，方才別去。

走了一截路，李狗子忍不住問亞雄道。「這個楊老闆，大概發了很大的財吧，他怎麼會帶了一箱子鈔票來到這裡放賑？」亞雄道：「他什麼原因要放賑，這倒不知道，不過他也是個貧窮出身，原先和今日在座的那些男女，都是熟人。」李狗子道：「是的，我也有這意思，將來我到了南京，也會和他一樣大大的和朋友幫上一個忙，不過……」

他說到這裡，笑了一笑，將手摸了一下下巴，接著又昂頭搖了一下，笑道：「那不算什麼，我也可以提了一箱鈔票到茶鋪子裡去分給老朋友。南京城裡的那些老朋友，第一件事是沒有房子住，我將來回去第一件事也就從這裡下手，開一個建築公司，專門建築民房，這樣一來，既是應了回南京人的急，又作了一筆投機生意，一舉兩得。我們幾個朋友商量多少次，決定這樣辦，章程的草稿，我都寫好了。」

老太爺聽他說話，正走到一所被炸的廢屋旁邊，那屋子中間全是精光的，高高低低，幾塊黑土地上面，栽種著芥菜和豌豆，周圍的磚牆卻還光禿禿的直立著，門和窗子的所在地，都是大小幾個窟窿。那屋面積寬大，石台階還整齊的鋪著，石頭縫裡長著尺來長的青草。老太爺將手上的手杖指著道：「這是我們原來遠隔壁的人家了。」亞雄道：「那石頭門框上不是還釘著一塊門牌？」亞英道：「我們安居過一個時期的地面，如今會弄成這個祥子！」亞雄道：「你看那是我們那幢樓房的遺址，比這裡更慘了。」說著向面前一片菜地一指。那裡只是一片黃土地，什麼房屋的痕跡也沒有，唯一可認出來的，便是原來大門口那截石板路。老太爺很感慨的嘆了一口氣道：「你看，這是我們原來屋主經常跑來看看的地方，都荒廢得這個樣子。我們在南京的房屋，不知變成什麼樣子了，怪不得李老闆要回去開建築公司了。」

李狗子笑道：「這個算盤，哪個不會打！如今有了錢的人，都是這樣想，生意不能老是向下做去，所以大家變了個方向。或者買地皮，或者蓋房子，總而言之，把法幣換成了這種硬東西。」老太爺搖搖頭笑道：「這個世界真是變了，連李老闆這樣老實人，也曉得許多經濟學了。」亞雄笑道：「如今哪個不曉得『黑市』、『外匯』這些名詞。十幾歲的小姑娘，談起化妝品來，不是仰光，就是加爾各答。」老太爺正待答覆這句話，卻有一陣「哦呀」的聲音驚斷了他的話音，回頭看時，一片空地上起著大石頭的牆基，正有一大批工人在那裡抬石頭，卸磚瓦，紛亂成一團。他道：「這不就是我們被炸之後，在這裡理東西的空地嗎？」亞雄道：「可不就是這裡！」老太爺道：「炸的凶，我們建築得更起勁，你看這不是在建幾層大樓嗎？這塊地皮是我們房東的，炸後他已經破產了，還會拿出多少建築費來嗎？」亞雄笑道：「說出來，你老人家又得感慨一番。這所房子正就是楊老么建築的。他上次和我談過，說是我們願意搬到原住的地方來，他有辦法。他新蓋了一幢房子，在我們那屋斜對門。我當時沒有理會他這話，也沒有料到他會蓋這樣好的房子，真奇怪，他有錢哪裡不好蓋房子，偏要在自己抬轎的所在來蓋房子，他不怕人家揭他的底！」老太爺道：「那是各有各的見解，正是富貴不歸故鄉如錦衣夜行。」

李狗子把話聽到這裡，才知道所謂楊老么賣苦力出身，是指的這種牛馬生活。這可見由大海底裡出身一跳，跳上天的，正不止自己這樣一個。他心裡想著，口裡不覺輕輕地「哦」了一聲。亞雄省悟過來，恐怕他誤會是嘲笑他的，便道：「是的，這人值得我們學樣。可是話又說回來了，我們哪裡會有這種能力，提一箱子鈔票來賑濟老朋友！」李狗子道：大先生，這看各人的運氣罷了。有什麼能力不能力，我李狗子有什麼本事呢？如今會享這樣一份清福！力說著拍了一拍身上那件皮袍子。老太爺笑道：「李老闆爽快之至，連自己小名都提起來了。我正是忘了問，如今李老闆用的是哪兩個字的台甫？」李狗子笑道：「我在南京的時候，本也有個名字叫李萬有，但是人窮了，連名字也叫不出來。如今是朋友說一個名字不夠，大家又送了我一個號，叫『李仙松』。『仙家』的『仙』，『松樹』的『松』。這還有個原故，是我過生日的時候，朋友們替我找一個吉利意思。他們說一萬樣都有了，還要有長壽去享受，才好叫我活上幾千幾百歲。可是一個人哪能活到那樣大的年紀，能活到一百歲，就不錯了。老太爺，不瞞你說，從前我不怕死，活到多大年紀死都可以，現在卻非活到八十歲不可。我去年討了一房家眷，年紀太輕，今年才二十歲，添了男孩子才幾個月呢。我若早死了，把他們丟下，那太可憐了，而且這是第一個孩子，以後一定還要跟著生下去。我若想看到個個孩子長大成人，就當活到八十歲。有了那大年紀，就是六十歲再生兒子，他也有二十歲了。」

老太爺哈哈大笑道：「一定可以的。我比你大概大到二十歲吧？你作八十大壽的時候，我還要來吃一碗壽麵呢！」這連他兩位令郎，也聽著哈哈大笑起來。老太爺道：「你們笑什麼！這是正話。人生的壽命，自然要有許多條件來維持。但自己能活到多大歲數的信念，也是必須有的。有了這信念，才會高高興興的活下去。反過來說，一個人活著沒有興趣，還能長壽嗎？李老闆，你聽我的話，提起興趣來活著吧！」李狗子將手杖掛在左手臂上，兩手互挽著袖口笑道。「好！憑老太爺這話，我們今天上午，就乾他兩斤花雕！」

雅與俗

在笑聲裡，大家緩緩的走向李狗子的辦事處。這辦事處就是遠遠看到的三層樓的洋房，彎曲在山崗子下面的水泥馬路，直達到這樣樓的牆下。亞雄道：「有些日子不來，這裡改了許多樣子。看這樣子，我們不必下坡，坐著人力車，也可以到達這裡了。」李狗子笑道：就是為了有這條馬路，我們才在這裡設辦公室。下坡子呢，那倒不去管他，上坡子的話，可以由大門裡面坐了汽車出來，那就便當多了。」老太爺道：「那麼，貴公司就在這幢洋樓裡了。」李狗子一聽這話，胸脯挺了起來，臉上微微的笑著，充分的表現出他的得意。

就在這時，有兩個穿灰布中山服的漢子，搶步迎了來，垂了兩手站在路邊。等一行人到了面前，他們深深的一鞠躬。李狗子正著臉色問道：「都預備好了沒有？」其中一個很鄭重而又和軟的答著：「已經預備好了。」李狗子道：「先去教他們泡上幾杯好茶。」回頭又向另一個人道：「向陶先生那裡拿錢去，到大街上買一點好水果來。」吩咐完畢，他在前引路。到了那洋樓的大門口，側身站在一邊，笑道：「請樓上坐吧。樓下是職員們的辦事地點，回頭自然要請老太爺指導指導。」

於是以區老先生為首，大家踏著鋪了繩毯的梯子，走上了二層樓。早有一位穿著西裝的朋友站在一間房門口，面帶笑容，點頭引進。這裡是兩套大沙發和烏漆茶桌構成的小客廳。這也不足為奇。所可注意的，就是這裡牆壁上也掛著字畫。正壁上一幅米派的水墨煙雨圖，落著「仙松先生雅正」的上款。旁邊有一副五言對聯，乃是唐詩「明月松間照，清泉石上流」。另外左壁上配了一張橫條幅，草書寫著，「有酒時學仙，無酒時學佛」。上款都寫著「仙松先生雅玩」。此處是兩幅小油畫，無法落款，掛在旁邊。但是木框子上都用松濤箋裁了小紙條，貼在上面，楷書寫著「仙松先生雅存」。

區家父子都是讀書人，而對於李狗子之出身，又知道得那樣徹底。老先生是個君子人，講究喜怒不形於色。亞雄亞英看到這字畫上的字，就覺得這是個絕大的嘲笑。李狗子這種人，周身無一根雅的毫毛，那都不去管他，他根本不認識三個大字，「雅正」「雅玩」「雅存」是從何說起。於是兄弟兩人微微笑了一笑。

李狗子見他們未曾坐下，先賞觀了一番字畫，便也迎上前來指著那「明月松間照」的一副對聯道：「這裡面嵌了一個字，掛在我家裡，倒是很合適的，你看那字寫得多好。據說，這是用明朝的古墨寫的，所以字寫得那樣黑。如今宣紙也貴的不得了，比布的價錢還貴。」

老先生笑道：「這是你拿紙託人寫的呢，還是人家寫好了送你的呢？」李狗子說道：「都是人家送的。送的字畫很多，畫我是不懂。人家說這幾幅畫，都是名家畫的，我就挑選了掛在這裡。這對聯和橫條，是我自己的主意，拿來掛的，因為對聯裡面有一個『松』字，橫條裡面有個『仙』字，恰好把我的號都用在裡面了。老先生，你明天替我寫一副字，把『李萬有』這三個字，都嵌在裡面，好不好？」

老太爺笑道：「我根本不會寫大字。」李狗子回轉頭來向亞雄道：那麼大先生和我寫一副對聯吧。亞雄笑道：我也不會寫字。李狗子笑道：「這我就不相信，大先生在機關裡，天天辦公事，怎麼不會寫字呢。亞雄笑道：寫公事是寫公事，寫對聯是寫對聯，那根本是兩件事。你若要等因奉此的東西，我當然可以代勞。」李狗子道：「為什麼不要呢，你寫一張給我作紀念，也是好的呀。我就掛在這客廳裡。」

亞雄聽他這樣說了，倒不好怎樣答覆。寫一張公事稿子給他吧，絕無此理；說不給他寫吧，自己是答應在先了。正苦於不知怎樣置詞，一個穿灰布制服的茶房，將搪瓷托盆送著現泡的三蓋碗茶來了。李狗子點了頭笑道：「老先生請用茶，這是我們生意上有人從浙江帶來的真龍井，後方不容易得著的。一區老太爺借了這個喝茶機會，著實的誇獎了一陣好茶，打斷了他們談論字畫的話題。」

就在這時，有三個人在客室門口站了一站。李狗子起身道：搿來，來，來，我給三位介紹。這是區老先生，是我的老師，人家可是老教育家呀。這是老先生的大師兄二師兄，都是知識分子。區老太爺覺得在他口裡說出來的「教育家」與「知識分子」這類名詞，都生硬得很，然而人家這都是善意的恭維，就讓他叫了一聲「老師」，在人家盛情招待之下，還有什麼法子否認不成。於是起身相迎，伸出手來和這三人握手。其中一位是穿川綢絲棉袍子的，年紀約莫有五十上下，尖削的臉兒，嘴上有點小鬍子。其他兩位，都穿著西裝。介紹之下，穿長衣的是文書主任易伯同，穿西裝的是會計主任屈大德與營業主任范國發。分賓主坐定。

李狗子又把區老先生的身分介紹一番，因道：「老先生在北京當了多年大學教授，到了南京又作了多年中學校長。他的學生，比孔老夫子三千弟子還要多好幾倍呢！在南京我就和老先生住在一條街上，熟的不得了。他們家裡的書，你猜有多少，堆滿了兩間屋子。那古書有一尺多長一本，字比銅錢還大，那些書都是上千年的，還有許多外國書，英文、美文、法國文、比利時國文都有……」

亞雄在一旁聽到，覺得不能再讓他說下去了，便笑道：

「李經理還是這樣喜歡開玩笑。」易伯同微笑了一笑。李狗子原是在沙發上側了身子坐著的，這就把胸脯挺著，坐得端正起來，面孔也正著，好像他充分的表示著他絕對尊師重道。因微微地點了一個頭道：「大先生，我不開玩笑，像老先生這樣的人，讀過那樣多的書，慢說在這大後方重慶，就是全國也找不出幾個來。」區老太爺笑道：「論讀書呢，也許我讀得不算十分少。可是讀了書不明世故，那不過是個書呆子而已。如今跑海防跑香港的大商家，誰是讀了多少書的。」

那易伯同在茶几上紙菸聽子裡，取了一支菸，銜在嘴角，劃著火柴吸了。他手持菸卷，慢吞吞噴出口菸來，點頭道：「老先生這話一針見血。這個年月，讀書識字的人，最為無用。無論什麼問題來到當前，自己先須考慮考慮，是不是與自己身分有關。老實說一句，如今可以發橫財的事，哪一件會是無傷讀書人身分的。唉！我們生當今之世，只好與雞鶩爭食了。」他這些話雖是平常的一般憤慨語，可是他當了這位不識字的老闆說是「與雞鶩爭食」，便顯著這不是罵他主人，也是罵他主人了。區老先生便從中一笑，把他的話攔住道：「就一般的來說，易先生的話是對的。只是『十步之內，必有芳草』。我們也不可這樣一概抹煞。古今多少英雄豪傑，都是不識字的。」易伯同聽區老先生這樣說了，便連連的應了幾個「是」字。

李狗子對於區老先生的話，雖不明白，但是所說的大意自己是知道的，無非是替不識字的人辯護，便笑道：「我雖然識字沒有幾個，可是對於知識分子我一向是很敬重的。現在的知識分子確是清苦，可是將來抗戰結束了，國家還有大大借重的地方。你看重慶，不是有個考試院嗎？如今還在打仗，國家忙不過來，戰事將來平定了，考試院一開考，讀書的人又是一舉成名天下知了。」屈大德插嘴道：不，考試院現在也考的。前幾個月，我有一個朋友就去考過文官考試，據說考中了就可以做縣長。」李狗子笑道：「你看，我們究竟是生意人，國家開考，我們也不曉得，戲台上做知縣的人，都是兩榜進士，如今的博士，大概就是考試院考的吧？可以做縣長了。」

老太爺本想對於現時的考試制度解釋一番，可是那樣說著，形容得李狗子越發沒有知識，更顯得這位文書主任說「與雞鶩爭食」的「雞鶩」，指的就是李狗子了，因笑道：「我們既然來叨擾了，乾脆就請賞飯吧。叨擾了之後，我們各人都還有點私事。」李狗子回轉頭來向范國發道：「范先生，有勞你去指點他們，把席擺好。」范主任站起來笑道：「早已預備好了，就請入席吧。」李狗子站起來，兩手虛捲了捲袖頭子，笑著抱了拳頭拱了兩拱道：「就在隔壁屋子裡。請請請。」大家站起身來，將區家父子讓到隔壁。

那裡也是像這邊的客室那樣的長方大屋子，四面掛了些字面，正中一張大圓桌子，蒙了雪白的桌布，四周擺下了賽銀的杯碟，和銀子包頭的烏木筷子，四個冷葷盆子，上面用細瓷碗蓋子蓋了。桌子下方四隻大小酒瓶子，一列的擺好。瓶子上都是外國字的商標。

老太爺笑道：「都是外國酒，了不得。」李狗子兩手互搓著，表示他躊躇滿志的樣子，笑道：「這些酒，有的是用過的，有的是沒有用的，兩瓶白蘭地，兩瓶威士忌，是朋友帶來的。」老太爺笑道：「我們喝點花雕好了，不必這樣客氣。」李狗子笑道：「有好酒不請老師，還留著款待哪一個呢？你老人家還是喝點白蘭地吧。」說著，拿起只白蘭地酒瓶子，撥開了瓶塞，就上座的一個酒杯子裡斟下去。一面點著頭笑道：「老師，請上面坐。」

老先生看那瓶子，還是滿滿的，因道：「那裡還有開了封的，你又何必再開一瓶？這樣會走了香氣，喝酒的人就是，這樣愛惜酒。」李狗子道：「雖然是這樣說，但請老師用開過封的酒，那就太不成敬意了。」老先生聽他一再說到「老師」，覺得不能不略加申辯，否則人家將加以疑心，幾十年的老教育家，怎麼會教出這個胸無點墨的李狗子來呢。便笑道：「李經理，你是越來越客氣了，你還是以『老先生』相稱吧。」

李狗子放下酒瓶子，兩手一抱拳，笑道：「其實我應當叫『太老師』才對，因為我已經和大先生商量好了，請他教我的書。再說，在南京的時候，附近的鄰居哪個不叫你老人家一聲『區老師』，所以我們這樣叫法，倒不是胡亂高攀，請老師上坐。」老太爺向這位易伯同主任笑道：「人之患，在好為人師。」

亞英在一邊看到，覺得自家父親有點過於拘執，便擠向他父親身邊低聲笑道：「恭敬不如從命。」老太爺對他這一說，不知道是指著坐首席而言，還是作老師而言呢。因此沒有答覆。那易主任卻從中插了嘴道：「老先生既是老教育家，當然講個『有教無類』敝經理這番誠意，老先生是卻之不恭的。」區老太爺覺得「有教無類」這四個字，又有些嘲笑主人，這個問題，頗不便再往下討論，因拱了拱手笑道：「有僭了。」屈大德兩手垂著亂點頭道：「好，好，大勢定矣，大家可以坐下了。」亞雄兄弟也都覺得再不能給予主人以難堪了，便傍了父親左右坐下。

范國發坐在李狗子旁邊，彎曲了身子，滿臉帶了笑容道：經理還是喝花雕嗎？我已經預備了三斤，叫廚房裡燙上。」李狗子笑道：我當然陪區老師喝白蘭地。」老太爺笑道：「論到吸紙菸，我還不一定愛國。若是喝酒，無論山東高粱，山西汾酒，貴州茅台，以至紹興花雕，我都覺得與我有緣。」李狗子不覺拍掌笑道：「極好了！極好了！在吃喝上我總是提倡國貨的。」亞英笑道：「這話也不見得。李經理每日也在大餐廳和咖啡館裡進進出出，怎能說你不喜歡舶來品？」李狗子笑道：「這是今天商界的一種時髦玩意，你不這樣幹，人家說你不開眼，那有什麼法子呢。我吃西餐，哪一回也沒有吃飽過，十回吃西餐，九回吃的是口味不對，有一次口味對了，上一盤子，只夠我吃兩三口的。上五道菜，也只夠我吃十五日。你說吃麵包，至多他們和你預備兩片，你看我這樣一個大個子，吃十來口菜，兩片麵包，就能弄飽肚皮嗎？」於是全席人都被他引得大笑起來，便是在屋子裡的兩個茶房，也都笑嘻嘻地站著。

大家在這歡笑聲中，揭開了菜碗蓋，開始吃喝。那位易伯同主任，見這位不識字的經理，一定稱區老先生為「老師」，便也現著這有三分搬取救兵的意思。老先生究竟是不是大學教授，中學校長，這還不容易判斷，至於這位區大先生那滿身寒酸的樣子，料著就是一位老公事的公務員，老公事未必是文學家，可是書總唸得不少。經理說已經和他有約，要請他教國文，他微笑不言，並沒有置可否。假使這事成功了，經理自不會一讀書就能認識好多字，可是他有了這樣一個正式老師，許多文字方面的事，都有了個顧問，就不能像已往那樣可以挾制他了。心裡雖有這樣一個不愉快的想法，卻又深恐在臉上露出來，因此心裡更轉了一個念頭：果然如此，那會給這位洞明世事的老先生看小了的。因之故意的裝出毫不介意的樣子，時時露出笑容來。

大家邊吃邊談，好一會才把飯吃完。飯後，李狗子把手扯著老先生的袖子道：「老師，我有一句話和你說，請到這邊來一下，力老太爺倒沒有想著他會有什麼祕密話，只得隨了他走。他們走去的地方，是門上掛著牌子的經理室，自也布置得和別家的經理室一樣，有辦公室，寫字椅。李狗子讓老太爺在旁邊沙發上坐下，自己開啟抽屜取出了支票簿，填寫了一張，再在身上掏出圖章盒子加了印鑑，再取了一個洋紙信封，用鋼筆慢慢在上面寫著字，總有五分鐘之久，才把這信封寫完，然後把那支票塞在信封裡，兩手捧了向老先生作了一個揖，笑道：你老人家是知道的，李狗子不會抖文，在人家面前我不能不裝一點樣子，避開人家還不說實話嗎？你老人家不要見笑，就看我這點心。」說著把那信封遞過來。

老先生看他滿臉鄭重的樣子，不是吃午飯時在桌上那副功架了，先有三分感動，接過那信封來一看，見上面歪歪斜斜像螞蟻爬的痕跡似的，上面有六個字，乃是「學貝公上老帥」，其下另一行小字，「李萬有邦上」。他的字型既惡劣，又不可理解。先是一怔。但凝想了一下，那「學」字一筆不苟，寫著有銅元大，雖下面「子」字脫了節，依然看得出來。由這「學」字推測，加上知道這信封裡是支票。那麼，可以猜出「貝」字是「費」字之誤。這個「費」字猜出來了，「公」字是「恭」字之別寫，也毫無疑問。他不懂得用「贄敬」或是「束脩」等字樣，所以乾脆寫著「學費」，難為他「老帥」兩個字知道抬頭另寫一行，「老帥」之為「老師」，又是很好明白的了。這上款猜出了，下款也就不難懂得，「李萬有邦上」之「邦」，乃是「拜」字之別了。

這個信封，雖寫得十分可笑，可是想這樣一個字不識的人，居然能寫出這樣一個信封來，那是費了多大一分誠心，便道：「呵！李老闆，你何必還和我來這一套？」李狗子笑道：「雖然說起來數目好聽，但是也買不到什麼東西。」老太爺本不便當面抽出支票來看，只是他自己說了數目好聽，這卻不能含糊收了，將支票由信封裡掏出，卻見寫的是一萬元的數目。老太爺不覺「呀」了聲，兩手捧了支票，連拱著幾下，因道：「可不敢當，太重了，太重了！」李狗子也拱手站在一邊道：「老太爺，你不忙，聽我說，有道是『人爭一口氣，佛受一爐香』。」說到這裡，他一面走去，把經理室的房門掩上，然後回轉身來道：「老太爺，我現在錢是有了，只要不遭什麼橫禍，大概這一輩子不成什麼問題，就是差著少識幾個字，到處受人家欺侮。我李狗子什麼出身，瞞不了你老人家，我哪裡能夠認你老人家作老師？但是我要裝裝面子，非攀交兩個讀書的先生不可，只要你老人家含糊答應是我的老師，我就大有面子了。還有一層，欺侮我的人，知道我有這樣一個老師，遇事就要留些地步，那你老人家照顧著我的地方就多了，好處哪會止一萬塊錢？」

說到這裡，他臉上帶了三分笑容，低聲道：「你看今天那位易先生，對你老人家那一分請教的情形，就替我出氣不少，我敢說，從此以後，無論是你老人家自己，或是大先生，只要一個禮拜肯到我這裡來一次，欺侮我的人就要少得多了，你老人家若是不肯圓我這個場面，那自是怪我出身太低，我也沒有什麼法子，若是肯圓這個場面的話，這筆錢你老人家正是受之應當，只是怕少了。」他說著話時，臉上現出十分為難的樣子。接著又作了兩個揖道：「你老人家一定要賞臉收下，我才能放下這條心。」老太爺先皺了一下眉，接著又微笑道。「你這麼一說，真叫我沒什麼話可以回答。就怕我幫不了什麼忙，要辜負你這番盛意。」李狗子道：「我不是說了嗎，每個禮拜，只要你老人家能到我公司裡來一次，幫我的忙就大了。」老太爺看到他這種樣子，真是不忍拒絕了，便笑道：「我倒有些不相信了，我每星期來一次有什麼用處呢？」

正說話間，外面在敲門，李狗子開了門，見是亞英來了，他道：「我們該走了，林宏業也許是今日下午到海棠溪，大哥不得空，我應當過江去接他一下。」老太爺還想說什麼，李狗子笑道：「你老人家暫時收著，晚上我到旅館裡來奉看，再說吧。晚飯恐怕來不及預備了。」老太爺看他那種樣子，料著他不肯收回，只好悄悄點了個頭，將支票藏在身上，和他告辭。李狗子和那三位主任都恭恭敬敬的將他父子三人送出大門，而且預備好了三乘轎子。直等他們三人的轎子走開，方才回去。

亞雄自去辦公。老太爺與亞英在旅館裡休息。因把身上支票掏給亞英看，說是這一萬元，不受，是讓李狗子心裡不安，受了是自己心裡不安。亞英笑道：「我要說一句不怎樣合理而又極合理的話，我們受著毫無不安之處。有道是『羊毛出在羊身上』，像他這類暴發戶，都是害苦了像你老人家這種安分守己的人。用他幾個錢，等於把他榨取的脂膏，撈一些回來，毋寧說那是理之應當。」老太爺笑道：「豈有此理。若憑你這樣說，那還有人肯講交情嗎？」老太爺是斜坐在那張沙發上說話的，說到這裡，他突然坐了起來，將頭昂起嘆口氣道：「我不想在李狗子這種人身上，會尋出尊師重道的行為來！看到李狗子以攀交我這樣一位老教書匠當老師為榮，彷彿這粉筆生涯不可為而又大可為了。」說著又笑了起來。

亞英看到父親有點高興了，便笑道：「我也有點計劃，還是念書的好，打算再作它兩年生意，儲蓄一筆學費，到了戰後，我也想出國留學三四年，回國之後，作一個徹底為社會服務的醫生。」

老先生在身上取出了一支雪茄，正擦了火柴要點。聽了這話，卻把火柴盒敲著茶几，冷笑了一聲，又搖了搖頭。這分明是一種大不以為然的樣子了。亞英不知道父親是什麼意思，倒未免呆了一呆。老太爺接著道：「讀書，自然是好事，你這個預備讀書的計劃，卻根本不好，你說再作兩年生意，等戰後去念書。一個作生意的人，胃口會越吃越大，我是知道的。現在你覺得所賺的錢，不夠將來作學費用的，你再作兩年生意，你把學費賺夠了，你又會想到不夠舒舒服服的念書，不免再作一兩年生意，等那一兩年生意作滿了，你以為你就肯把生意歇了，再回頭念書嗎？那個時候，你年歲越發大了，或者你已結了婚，你的室家之累，逼得你會更想發財了。讀書是苦事，也只有苦讀才能成功，天下有多少坐在沙發椅子上讀書，會把書讀通的！」

亞英聽了這些話，心裡頭自有一百個不以為然，可是他轉念一想，無論這重慶的市儈氣，對他怎樣引誘，他始終不贊成晚輩在市儈堆裡鬼混，可是不贊成儘管不贊成，他又時時刻刻被這種空氣所包圍，所以他心裡那種理智的判斷，往往就會衝動了情感，發出一種哭笑不得的態度，這實在是應該充分體諒的。他這樣想過之後，臉上立時呈現出好幾種氣色，他靠了桌子站著，兩手插在衣袋裡，將頭低著，總有五分鐘之久，不曾說出話來。

區老太爺緩緩的坐了下去，擦著火柴，將雪茄燃著了，又緩緩的吸了幾口。他對這位野馬歸槽的兒子，本來既惋惜又疼愛，再見他那一份委屈，更是有些不忍，便仰著臉放出了一種慈愛的微笑，因道：「這又發呆幹什麼？我這樣說，無非是希望你們好，希望你們更好。現在你又不是馬上就要去讀書，被我攔著。你說去接林宏業的，你就過江去吧，我多喝了兩杯酒，要在這裡休息一下，我覺得還有許多話要和你說，可是一時又想不起該從哪裡說起。」說著，他指了亞英的頸脖子道：「領帶打歪了，自己整理一下吧。」亞英沒想到父親的話鋒一轉，關心到了自己的領帶，這就手撫著衣領，把領結移正了。老太爺抽著雪茄，向他望著微笑道：「可以向茶房借把刷子來，將你那西服刷一刷，見了人家香港來的人，也不要露出內地人這份寒傖相來。」

亞英被他父親慈愛的笑容所籠罩著，便叫茶房拿衣刷子，恰是茶房不在附近，叫了好幾聲也沒有人答應，他只得自己走出來叫茶房。他這房間外面，是一帶樓廊，正是旅客來往行走之地。出來未曾張口，卻有一道紅光射人。定睛看時，是一位穿大紅長衣的女郎走來，她穿件紅衣，已是夠豔麗的了，卻又在衣服四角釘著彩色的絲編蝴蝶。最奇怪的，是這個年頭，無論城鄉，已不見穿長衣的女人，還會在衣服下擺露出長腳管的褲子。而她不然，卻把絲襪裡的大腿藏起，穿了條墨綠色的綢褲。重慶市上的摩登女人，家境無論怎樣寒素，總會在長衣上罩一件長或短的大衣，而她卻沒有，就是這樣紅滴滴地露著一件紅綢袍子。她也沒有穿皮鞋，更沒有高跟，是一雙紅緞子平底繡花鞋，套在白絲襪子上。如說她周身還有些別的顏色的話，那就是這雙襪子了。這一種大紅大綠的穿法，可說是荒僻地方的村俗裝扮，在大後方摩登世界的重慶，倒是很少見的。

亞英看到，著實的驚異了一下。這驚異還不光為了這衣服顏色之俗，驚異的卻是這位穿紅綠衣褲的女人，長得很是漂亮，在通紅的胭脂臉上，兩道纖秀的眉毛罩了一雙水汪汪的眼珠。她走得急了一點，樓板微微的滑著，她腳步不穩，身子略閃了一下。她看到有人站在面前，不覺露齒一笑，嘴唇被口紅抹得流血一般，也覺得傖俗，只是在她這一笑之餘，露出雪白的糯米牙齒，才顯得嫵媚絕倫。她卻毫不留意別人觀感怎樣，平平常常由亞英面前走過去了。

亞英卻呆了一呆，心想哪來這樣一個俗得有趣的女人。他醒悟過來之後，兀自嗅到身前後有一種很濃厚的香氣。他又想著這不會是都市裡的摩登女郎，哪個摩登的女人肯穿紅著綠？但說她來自田間，可是她態度又很大方，一瞥之下覺得她的頭髮還是電燙過的，剛才只管去揣度她的衣服，卻不曾留神她到哪個房間去了。他如此出神的想著，忘了出來是叫茶房拿刷子的，空著手走回房去。老太爺對他望了望道：「你為什麼事笑呀？」亞英道：「我看到一個鄉下女人，穿紅著綠，怪有趣的。」老太爺笑道：「我就常聽說有穿陰丹大褂，赤著雙腳的人，在西餐廳裡請客，如今穀子這樣貴，鄉下大地主的兒女，又什麼花樣不能玩？」

亞英自也不敢再說這個女人的事，戴上帽子，便過江到海棠溪去接二小姐的丈夫林宏業。在車站上遇到了二小姐，她笑著抓了亞英的手道：「沒想到在這裡遇見你，我們一路過江去痛快地聚回餐吧。我遇到你姐夫的同伴，說他的車子要明天下午才到呢。」亞英道：「為了接宏業，父親也到城裡來了，現時在旅館裡休息。」二小姐道：「那我們趕快回去，別冷落了他老人家。」她一面說著和亞英走路，一面向他周身上下打量，笑道：「我在伯父口裡知道了你的訊息，覺得你有些胡鬧，但見面之後，看到你的西服穿得這樣整齊，不是我想像的那樣小生意買賣人，倒也罷了。你有了女朋友了嗎？」亞英笑道：「多年不見，二姐還是這樣愛說笑話。」二小姐道：「這並非笑話呀！漂亮青年是摩登女子的對象，時髦商人也是摩登女人的對象，你有找女朋友的資格呀！」亞英笑道：「我一項資格也沒有。若是你覺得我到了求偶的時候，你就給我介紹一位吧。」姊弟兩人談笑著，不知不覺搭上輪渡過了江，因碼頭上恰好沒有轎子，亞英就陪著二小姐慢慢走上坡去。

約莫走了一半路的時候，忽聽到有人嬌滴滴叫了一聲「林太太」。他順了叫的聲音看去，不覺大吃一驚，一個穿紅衣的女郎站在兩層坡子上向二小姐嘻嘻的笑著，不是別人，正是在旅館裡看到的那個俗得有趣的女子。她那身打扮還是和先前一樣，只是肩上多了一條花格子縐紗圍巾。二小姐已迎上前去握了她的手，向她周身上下看了一遍，笑道。「今天為什麼這樣大紅大綠的穿起來？看你這樣子，也許是要過江，怎麼大衣也不穿一件呢？」她道：「我這是件新作的絲棉袍子，走起路來已夠熱的了。」說話時，她看到二小姐身後一個穿西服的少年，不免瞟了一眼。二小姐也回頭看了一下，向亞英點頭道：「來，我和你介紹一下，這是黃青萍小姐。」她回轉頭來手指了亞英，向青萍道：「這是亞男的二哥，亞英。」青萍笑道：「哦！區二先生和亞男相貌差不多。」她說著走向前伸出手來。亞英看到這副裝束，沒想到她是這樣落落大方的，趕快搶向前接著她的手，握了一握。她抿了嘴微微的笑著，向他點了點頭。二小姐笑道：「看你收拾得像一隻紅蝴蝶一樣，你是去看李大成嗎？」她臉腮上小酒窩兒微微一漩，眼皮低垂著，似乎有點難為情，笑道：「我去看我師母。」二小姐道：「你果然是要去看西門太太的話，我勸你就不必去，她和二奶奶下鄉看梅花去了，還不曾回來呢。」青萍道：「也許她回來了，既然到了江邊上，我索性過江去一趟。——你怎麼不叫乘轎子？」

二小姐覺得她這話是有心撇開本題，微笑著向她點了點頭，讓她走了，好像這微笑之中，已含著很深的意義。在一面點頭的時候，她一面走著，已跨上幾層坡子了。亞英隨在後面連連的低聲問道：「她是誰，她是誰？」二小姐沒有作聲，直等走上了平坦的馬路，才立定了腳向他笑道：「你怎麼這樣冒昧，人家剛一轉身，就只管打聽人家是誰，你急於要知道她的身分嗎？」亞英笑道：「我這樣問是有原因的。因為我在旅館裡的時候，看到她穿這樣一身大紅大綠，就奇怪著，不想二姐會認得她，而且亞男也認得她。」二小姐又對亞英周身上下看了一看，笑道：「若論你這表人才，也沒有什麼配她不過。不過在她認識了李大成以後，我無法和你介紹作朋友了。」亞英道：「二姐這話說得有點奇怪，我也不至於看到了一個漂亮的女子，就有什麼企圖。」二小姐笑道：「我簡單告訴你吧，她是一個極摩登的女郎。反正有人送錢給她作衣服，她有時高興穿得像位小姐，有時又高興穿得像少奶奶，有時又像……反正是穿那種富於挑撥性的衣服罷了。」亞英笑道：好久不見面，見了面我們應多敘敘別況，二姐老和我開玩笑。」二小姐笑道：「哼！這位小姐，幾乎每日和我在一處，當然有和你見面的機會。我這是預先和你說明，乃是一種好意呀！」亞英不知道是何用意，也就不再說了。

兩人到了旅館裡，區莊正老先生拿了一張日報在消遣，在等著他們來。一見二小姐便問道：「宏業到了嗎？」二小姐道：「明天才能到呢。現在伯父難得進城來的了，我作個東吧，今天怎麼娛樂？」老太爺望了她，搖搖頭笑道：「香港來的太太，究竟是香港作風，只惦記著怎麼消遣。」二小姐強笑了一笑，倒不好再提起，只是陪著老先生談些閒話。

不多時，亞雄也來了。老太爺倒是相當高興，為了剛才給二小姐碰了一個釘子，正待約著這一群晚輩到一個地方去晚餐，卻聽到外面有一個南市口音的人，叫了一聲老太爺，回過臉向窗戶外看時，他又有一點小小的驚異，「呀」的一聲，站了起來，向外點著頭拱了兩拱手。早有一個人不斷作著長揖走了進來。亞英看時，就是原在南京開老虎竈的老褚。二小姐在一旁頗注意這人，見他穿了一件灰色嘉定綢的紫羔皮袍，手裡拿了嶄新的灰呢帽，禿著一顆大圓頭，透出一張紫色臉，一笑嘴裡露出兩粒黃爍爍的金牙，在皮袍上，他又罩上禮服呢的小背心，左面上層小口袋裡露出一截金錶鏈，環繞在背心中間鈕釦眼裡，手上還戴著鑲嵌鑽石的金戒指。她想這是十餘年前上海買辦階級的裝束，這人要在舞台上扮一個當年上海買辦，簡直不用化裝了。

老先生立刻讓迎他進屋，他看到亞雄亞英，又作了兩個揖笑道：「上次在漁洞溪會到，沒有好好招待，聽到李仙松說，老太爺進城來了，特意來奉看，並請賞臉讓我作個小東。」老太爺給他介紹著二小姐，他又是一揖。老太爺笑道：「褚老闆發了財了，越發的多礼了，請坐請坐毛。」老褚笑著搖搖頭道：「談什麼發財，窮人乍富，如同受罪。談不上發財，混飯吃罷了。我這就覺得東不是，西不是，穿多了嫌熱，吃多了拉肚子，一天讓人家大酒杯子灌好幾次，我倒是不醉。弦說著哈哈一笑。他一張口，遠遠的讓人聞到一股酒氣。亞英笑道：看褚經理這個樣子……」老褚將身上的衣服連拍了兩下，笑道：「二先生，你覺著我這一身穿著，不大時髦嗎？我這樣穿是有個原因的，往年在上海的時候，看到人家穿這樣一身，欣慕的了不得，心想我老褚有一天發了財，一定也這樣鋪排鋪排。如今不管發財沒發財，反正弄這樣一身穿著，總是不難，所以我就照十多年前的樣子作了這一套穿著。我本來還有兩件事要照辦，後來一想，不必了，第一是作一件狐皮大衣；第二，是弄部人力包車，讓包車伕拉在街上飛跑，腳下踏著鈴子一陣亂響。記得上海當年一班洋行買辦在馬路上跑著，威風十足，不過這是二十年前的事了，十多年前就改了坐小汽車，因之我也沒有把這願心還了。」

在屋子裡的人，聽了這話，都心中暗笑。當他形容包車在街上跑的時候，兩手作個拿車把的姿勢，一隻腳在樓板上亂點，彷彿已經坐在人力包車上踏鈴子。亞英笑道：「褚經理，你沒有把我的話聽完，我是說你吃酒的樣子，不是說你這身衣服。自然，你現在大發其財，要什麼沒有？」說著，斟了一杯茶送將過去。老褚兩手將茶接著，笑道：「發財呢，我是不敢說。我們這幾個資本，算得了什麼。不過當年看到人家有，我沒有的東西，心裡就很想，如今要設法試一試了。記得往年在南京，看到對面錢司令公館，常常用大塊火腿？鴨子，又把鴨子湯泡鍋巴吃，我真是看得口裡流清水。」說著，他舉起手上茶杯喝了一日，接著道：「去年我第一批生意賺了錢的時候，我就這樣吃過兩回。因為廚房裡是蒸飯，為了想吃鍋巴，特意煮了一小鍋飯，烤鍋巴，你猜，怎麼樣？預備了兩天，等我用火腿鴨子湯泡鍋巴吃的時候，並不好吃。我不知道當年為什麼要饞得流口水。」說著，他手一拍腿，惹得全屋人都大笑起來。

人比人

在這一陣歡笑聲中，區老先生卻在暗中著實生了一些感慨。人總是這樣：「凡所難求皆絕好，及能如願又平常。」這老褚能夠把這話說出來，究不失為一個好人。他心裡如此想著，臉上自有了那同樣的表示，不住的將手摸嘴唇上下的鬍渣子，只管微笑。老褚見區莊正一高興，就再三約請作東。區家父子在他這樣盛情之下，只好去赴他這個約會。老褚已略知李狗子如何款待老師，因之他這頓晚飯，辦得更為豐盛。他又知道今天中飯幾位陪客，不大受客人的歡迎，因之除了李狗子外，並無其他外客。

醉飽歸來之後，感慨最深的自是當公務員的區亞雄。沒想到抗戰之後，大大占著便宜的人，卻是賣熟水和拉人力車的。當晚在寄宿舍裡，做了一整夜的夢。次日起來漱洗之後，免不了到斜對門，那所斜著十分之三四的灰板小店裡，去吃油條豆漿。他也覺著有些奇怪，接連吃了幾頓肥魚大肉，這早點已減了滋味，喝了大半碗豆漿，一根油條，就不想吃了。

到了辦公室，並沒有什麼新公事，只把昨日科長交下來的公事，重新審核了一道，便可呈復回去。科長與他同一間屋子辦公。這裡共有三張桌子，當玻璃窗一張辦公室，是科長所據有的。亞雄和另一個同事，卻各坐了一張小桌，分在屋子兩邊。科長姓王，是一位不到三十歲的青年，曾受過高等教育。他覺得這同辦公室的兩位同事都是老公事，雖然地位稍低一點，他倒不肯端上司的牌子。他來得稍微晚一點，進門以後，一面脫那件舊呢大衣，取下破了一個小窟窿的呢帽子，和大家點了點頭。他上身穿的倒是一套半新的灰呢西服，卻是挺闊的腰身。亞雄笑道：「科長這套衣服，是拍賣行裡新買的嗎？」他搖搖頭笑道：你想，我們有錢買西裝穿嗎？一個親戚是在外面作生意的，送了我這一套他穿得不要了的東西。又有一個同鄉是開西服店的，說是西服店，其實一年不會做一套西服，無非做做灰布中山服，半毛呢大衣而已。念一點同鄉之誼，要了我三百元的手工，在粗製濫造之下，給我翻了一翻，將裡作面，居然還可以穿。碰巧我昨日理了髮，今天穿上這套衣服，對鏡子一照……」夥另外那位姓趙的同事，就湊趣說道：「年輕了十歲。」王科長掛好了衣帽，坐在他的位子上。回轉頭來笑道：「那也年輕不了許多。再年輕十歲，我是十八九歲的人了，那豈不是一樁笑話。」說著，他回轉臉去，聳了兩下肩膀，從袋裡摸出一盒火柴和一盒「狗屁牌」紙菸，放在桌上。他且不辦公，先取了一支菸，放到嘴裡，劃了一根火柴，將菸點著。

亞雄坐在他側面，見他深吸了一日菸，向外噴出一團濃霧，頗為得意。本想也打趣他兩句，卻見勤務匆匆的走了進來，低聲道：「部長來了。」說話時，臉上現著一分驚異的微笑。芏科長也「咦」了一聲道：「今天怎麼來得這樣早，有什麼特別的事嗎？我們倒要提防一二。」說著，向兩位同事微笑了一笑。

亞雄於是停止了打趣的意思，將兩道公事稿子送到王科長桌上去，趙同事也有一張草稿送給科長看。因為這間屋子小，容不了多少人，其餘同科的，在別間屋子裡，都陸續的來來去去，空氣立刻緊張起來。他們越是怕有事，偏偏就發生了事，部長已著勤務叫王科長去談話。在公事場中，這本是常事，亞雄並未介意，坐著等新公事來辦。把今天的日報取來，看不到三條新聞，遠遠一陣喝罵聲傳了過來。這聲音耳熟能詳，正是部長的聲音。他們和部長的屋子，同在一層樓上，且在一條甬道之間，相隔不到十丈。這裡無非是竹片夾壁的假洋房，並不怎樣遮隔聲浪。亞雄不覺放下了報，側耳聽著。那位趙同事，坐在對面桌子上，作一個鬼臉，伸了一伸舌頭。亞雄放下報站了起來，低聲笑道：「怎麼回事？我們大老闆來的這樣早，專門為了發脾氣來的嗎？」於是悄悄的走了出來，向夾道口上站著，聽到他們的頭兒在那裡罵道：「你們懂得什麼？我看你們簡直是一些吃平價米都不夠資格的飯桶！國家的事就壞在你們這些飯桶身上！」亞雄心裡一動，他想「飯桶」上面，加上「一些」的字樣，這顯然指的不是一個人。不用說，自己也在「飯桶」之列呀。自己吃平價米的資格，還不夠嗎？然而這幾日，天天吃著肥魚大肉，人家口口聲聲的稱著大先生，要自己去幫忙，就怕是不肯去呢。他這樣想著，又聽到那邊大聲罵道：「你們不幹就滾！」亞雄聽到這個「滾」字，也覺得一股無名怒火直冒出來，心想這位大爺，近來脾氣越來越大，把下屬當奴才罵，我們這位科長無論怎麼著，是一位大學畢業生，照理他可以稱一個「士」字，「士可殺而不可辱」，為了擔兒八斗的平價米，值得讓人喝罵著滾嗎？想到這裡臉就太紅了。

這時王科長已走了過來，臉比他更紅，眼睛裡水汪汪的，簡直淚珠要奪眶而出。他見到亞雄勉強裝笑，點了個頭道，「活該！我是自取其辱。我畢業之後，能去擺個紙菸攤子最好，若怕有辱斯文的話，到小學裡去當名教員，大概也不難，為什麼向這個大門裡走！我已口頭辭職了，現在立刻寫辭呈。」他說著已走進屋子來，鼻子裡哼著，冷笑了一聲，然後坐在他的位子上去。

亞雄走過來，順手帶上了房門，低聲道：「算了，科長，我們的頭兒是這股子勁！王科長道：是這股子勁，把我當奴隸嗎？區先生，你是老公事，怎麼樣的上司，你都也看見過，自己談革命，談民主，談改變風氣，而官僚的排場，比北洋軍閥政府下的官僚還要大，這是怎樣講法！我並非不堅守職位，半途而廢，但是要讓這班大人物，知道我們這當小公務員的，不儘是他所說的飯桶那樣。我們應當拿出一點人格，抗議這侮辱。可是我當面還是和他很恭順的口頭辭職，免得又有了妨礙公務之罪。現在我立刻再書面辭職，無論准與不准，遞上了呈子立刻……」亞雄向他搖搖手笑道：「科長，你的處境我十二分同情，可是人家鬧意氣，我們犯不上鬧意氣，事情不幹沒有關係，萬一他給頂帽子你戴，你吃不消呀！再說，重慶百多萬人，哪裡不是擠得滿滿的，辭了這裡的科長，未必有個科長缺等著你，生活也應當顧到吧？」

王科長已經擺開了紙筆預備起草辭呈，左手扶了面前一張紙，右手將半截墨只管在硯池裡研著，偏了頭聽亞雄說話，亞雄說完了，他既不回話，也不提筆，老是那個姿態，在硯池裡不住的研墨。亞雄見他臉色紅紅的，料著他心裡十分為難，便道：「這事不必定要在今天辦，明天不晚，後天不遲。」王科長搖搖頭道：「明天？後天？後天我就沒有這勇氣了。千不該，萬不該，去年不該結婚。如今太太肚子大了，不能幫我一點忙。家庭在戰區，還可以通郵匯，每月得寄點錢回家。重慶這個家裡，還有一位領不到平價米的丈母孃。這一切問題，都逼得我不許一天失業，其實失業是不會的，擺紙菸攤子，拉車，賣花生米，我都可以混口飯吃，可是面子丟得大了。我丈母孃總對人誇說，她女婿年輕輕的就當了科長，她覺得很風光呢，卻沒有知道人家罵我飯桶。」說時，他還在研墨。亞雄還想向他規勸兩句，勤務進來說，「劉司長請。」他放下了墨，跟著勤務去了，這是司長要向他詢問一件公事，約莫有二十分鐘，王科長回到了自己的位子上，把面前擺著的一件公事仔細閱看。亞雄偷看他，料著已是無條件投降，什麼也不用提了。屋子裡靜悄悄的，空氣裡含著一分怨恨與憂悶的氣味。亞雄心裡頭倒著實憋住了一腔子苦水。到了下班吃午飯的時候，自己一日氣跑到亞英旅館裡，卻見門上貼了一個紙條，上寫：「宏業已到，我們在珠江酒家和他接風。雄兄到，請快來。」他向那字條先笑了一聲道。「還是他們快活自由。」說畢，再也不耽誤，立刻趕到珠江大酒家。那帳房旁邊的宴客牌上，已寫了「區先生蘭廳宴客」一行字。他心想，為香港來的人接風，就在乎廣東館子這一套排場，這必是二小姐要壯面子，好在她丈夫面前風光風光，闊商人就是當代的天之驕子，一切和戰前一樣。他一面想著，一面向樓上走。

這珠江大酒家是重慶的頭等館子，亞雄雖然也來過兩次，那不過是陪朋友來吃早點，在樓下大敞廳裡坐坐罷了。樓上的雅座，向來未曾光顧過，今天倒是第一遭闊這麼一回，由夥計的指引到了雅座門口，早聽到林宏業在屋子裡的哈哈笑聲。他正說著：「……拿出一百五十萬來，這問題就解決了。」亞雄不免暗中搖了搖頭。二小姐在屋子裡先看到了，笑道：「大哥來了，讓我們好等！」亞雄走進去時，看見這位妹丈穿了一套英國式的青色薄呢西服，頭髮梳得烏亮，圓圓的面孔，並沒有風塵之色。他迎上前來握著手道：「你好。」亞雄笑道：「託福，躲過了無數次的空襲。」二小姐替他接過帽子，掛在衣鉤上，笑道：宏業給你帶些東西來了，就有一頂好帽子。」亞雄道：「那自然，我們重慶人總是要沾香港客的光的。」

林宏業將他讓在旁邊沙發上坐了，將香港帶來的三五牌香菸掀開了聽子蓋，送到他面前，笑道：「先請嘗支香港菸。」亞雄抽著菸，向對座的區老先生笑道：「爸爸，我們都是兩重人格。你回到家裡，我回辦公室裡，是一種人。遇到了李經理褚經理以及二妹夫，又是一種人。」老太爺捧了蓋碗茶喝著，搖搖頭笑道：「怎樣能把宏業和褚李兩人相提並論？」宏業笑道：「可以的，我也是個拉包車的。不過我只拉這一位。」說著指了二小姐。亞雄這就知道他們已經談過李狗子的事了。二小姐笑道：「你當了我孃家人，可不能說這話呀。我沒有先飛重慶，協助你事業的發展？」區老先生道：「中國人的生活，無非是為家庭作牛馬，尤其是為父母妻室兒女。到了你們這一代，慢慢的出頭了，對父母沒有多大的責任，夫妻之間，少數的已能權利義務相等了。至於對兒女的責任，恐怕你們比老輩輕不到哪裡去。最不合算是我們這五六十歲的人，對父母是封建的兒子，對兒子呢，可要作個民主的老子。要說拉一輩子包車，還是我吧？」於是大家都笑了。二小姐笑道：「那麼，我們今天小小的酬勞一下老車伕吧。」宏業笑道：「嚇！此話該打。」二小姐想過來了，笑著將舌頭一伸。大家正說笑著，一個穿緊窄中山服的茶房，拿了一張墨筆開的選單子，送給林宏業過目，他點點頭道：「就是這樣開上來吧。」

亞雄望了他笑道：「宏業真是手筆不凡，一到重慶，這大酒館的茶房，就是這樣伺候著。」宏業道：「你有所不知，我給他們櫃上帶了些魚翅鮑魚來，還有其他海味，他們大可因此賺上幾大筆錢，能不向我恭敬嗎？而且我特意自備了一點海味，交給他們作出來請請伯父，就算我由香港作了碗紅燒魚翅帶來吧。」亞雄不由得突然站起來，望了他道：「我們今天吃魚翅？」二小姐看看屋子外面沒人，拉了他坐下，笑道：「我的大爺，你那公務員的酸氣，少來點好不好？讓人看到了笑話！」於是老太爺也忍不住笑了。果然，茶房向圓桌上擺著賽銀的匙碟，白骨的筷子，只這排場，已非小公務員經年所能看到一次的。

這是個家庭席，恭請區老太爺上坐，小輩們四周圍著。茶房送上一把賽銀酒壺，向杯子裡斟著橘紅色的青梅酒，接著就上菜。第一道菜是五彩大盤子，盛的什錦滷味，第二道是細瓷大碗的紅燒魚翅，第三道是燒紫鮑，第四道是清蒸豆汁全魚，全是三年不見面的菜，不用說吃了。亞雄加入了這一個快活團體，又面對了這樣好的名菜，也就把一天悲思丟入大海，跟著大家吃喝起來。直至一頓飯吃完，一個小茶房將銅盤子托著一盤摺疊了的熱氣騰騰的手巾進來，亞雄才突然想起一件事，向亞英問道：「你手上有表，看看幾點鐘了？」亞英笑道：「你又該急著上班了。你就遲到這麼一回，拚了免職丟官好了。」林宏業也是站起身來將一大盤切了的廣柑，送到他面前，微彎了腰，作個敬禮的樣手，拖長了聲音道：「不……要……緊……用點兒水果，假如你這份職務有什麼問題，我先付你三年的薪津。」

亞雄只好起座，站著取了一片廣柑，笑道：「也許我是奴隸性成，我總覺得於此事，行此禮，總以不拆爛汙為是。」老太爺坐在一邊沙發上，架了腿吸菸，點點頭道：「他這話也對，就是不幹也要好好的辭職，不必這樣故意瀆職。」亞雄一手拿了廣柑在嘴裡咀嚼，一面就到衣鉤子上取下帽子在手，向林宏業點著頭道：「晚上我們詳談，晚上我們詳談。」說著很快的走了出去。

二小姐坐在老太爺旁邊，搖搖頭道：「這位好好先生，真是沒有辦法。」因掉過臉來道：「伯父，你可以勸勸他，不必這樣傻。」老太爺哈哈笑道：「我勸他作事拆爛汙嗎？這未免不像話了。」大家也都跟著笑了起來。老太爺接著站起來道。「我倒是要走了，我要帶亞英回去看他母親，同時也先回去讓家裡預備一點菜，希望宏業你們夫婦明天一早下鄉，我們好好的團聚一番。」說著，向亞英望了望道：「我無所謂，作兒子的總要體諒慈母之心。」亞英見父親注意到了自己，滿臉帶上一分懇切希望的樣子，左手夾了雪茄，向空舉著，右手垂下，呆呆的站定。亞英因林宏業新到，櫃聚不過三四小時，有許多話不曾問得，本來要在城裡多耽擱一半天，可是一看到父親這樣對自己深切的關懷，便不忍說出「今天不下鄉」那句話了。

老太爺取了帽子要走，亞英便叫夥計拿帳單子。二小姐走上前一步，將手輕輕的拍了他的肩膀道：「兄弟，你難道還真要會東？你知道這裡的經理，是宏業的朋友？」區老太爺道：「總不能叫宏業反請我們這久住重慶的人，我們櫃上去付帳。」說著先走。亞英也跟了走。可是二小姐心裡就想著，這一頓午飯，價目著實可觀，憑亞英這一個小資本商人，身上能帶多少錢，不要讓他受窘，於是也就一路跟著出來。剛到了樓梯口上，見到一個有趣的會晤，便是黃青萍小姐與亞英面對面的站著說話。

黃小姐已換了裝束，手上斜抱著一件海勃絨的大衣，上身穿著寶藍色羊毛緊身衫，領子下面橫別了一隻金質點翠的大蝴蝶，一條紫色綢子的窄領帶，一大截垂在胸前，下面穿著玫瑰紫的薄呢裙子，頭髮已改梳了雙辮，戴著兩朵翠藍大綢花。她看到二小姐笑道：「來晚了，沒有吃到你們這一頓。」二小姐笑道：「那不要緊，我再叫菜請你就是了。」她笑道：我有人請，改日叨擾吧。我有兩張話劇票，是最前排的，送你姐弟要不要？說著她就把提包提出來。見亞英站在身邊呆望著，便笑道。「二先生請你幫個忙。」說著，她也不問亞英是否同意，便把身子一歪，將腋下挾著的這件大衣，向他面前一擠。亞英也來不及說「遵命」兩字，忙將大衣拖過。青萍笑嘻嘻的開啟提包，在裡面取出兩張紅色的戲票，向亞英面前一舉，說了一個「哪」字。亞英抱著那大衣在懷裡，只覺得一陣脂粉香，心裡頭說不出有一種什麼快慰。連青萍把戲票直伸到他面前來，他都沒有看見。她見亞英沒有聽到，又繼續說了幾聲，直把票子舉到他鼻子尖下，向他拂了幾拂，他才醒悟過來，笑道：「謝謝，票子是給我的嗎？」青萍笑道：「送你姐弟兩個人，票價我已代付了，並不敲竹槓。」亞英一手接著戲票，一手依然抱住了那大衣。二小姐在一邊看到，便笑道：「把大衣交還人家吧，你儘管抱著它幹什麼？你想給黃小姐當聽差嗎？老實說，我看你那樣笨手笨腳，就是給黃小姐當義務聽差，人家也不要呢。」青萍瞧了二小姐一眼，又瞅了亞英一眼，微笑道：「為什麼那樣言重呀！再會！」說著，她接過了大衣，向樓梯前走，這裡只留下了一陣濃厚的香氣。

二小姐見她去了，因笑道：「你看她漂亮嗎？」亞英笑道：「當然漂亮，這樣的人，難道我還能說她不漂亮嗎？」一言未了，青萍卻又回轉來了，笑道：「你姐兒倆說我呢。」二小姐道：「沒有說你壞話，說你漂亮呀」她伸一個染了蔻丹的紅指頭，指著亞英道：「晚上看戲要來的喲！我到戲座上找你們。」說著，又走了。亞英笑著下樓，兩張戲票還在手上拿著。區老太爺正在櫃前站著等候。二小姐道：「你請走，這東你會不了的，櫃上我早存下錢了。今天不下鄉去，明天一路走好嗎？」老先生道：「你伯母希望早早和亞英見面，今晚上不回去，她會掛念的。」二小姐向亞英笑道：「今晚上戲看不成了，票子給我吧。你不用會東了，給我這兩張戲票，就算你請了客。」說著將手伸了出來。亞英含著笑，只好把戲票交給她。她笑道：「黃小姐那裡，我會代你致意的。」區老太爺道：「哪個黃小姐？」二小姐笑道：「就是剛才上樓去的那一位，伯父看到沒有？很漂亮，又滿摩登的，我介紹她和亞英作朋友。」老太爺搖搖頭摔了一句文道：「多見其不自量也。」亞英將話扯開道：「你真不要我會東，我也無須虛讓。以後我再請吧。」於是他悄悄的隨著父親回到了旅館。老太爺忙著收拾了旅行袋，就要亞英結清旅館裡的帳。亞英道：「不必結帳，這房間留著吧，我已付了一星期的錢了。假如我們趕不上長途車子，我們還可以回來。」老太爺望了他笑道：「你還掛念著今天晚上的話劇。城裡到疏散區，一天有無數班的長途巴士，怎麼會趕不上呢？」亞英雖然沒有辯駁，但他始終沒有向旅館結帳，委委屈屈的跟父親走了。

到了下鄉的汽車站，卻見站棚下列停著幾輛客車，搭車的人亂哄哄的擁在車子外面。站裡面那個櫃檯上，人靠人的擠滿了一堆，有的索性把兩手扒住櫃檯，昂頭來等買票。看那櫃檯裡，兩位賣票先生，各銜了一支菸卷，相對著閒話。只隔條櫃檯，外面的人擠得站立不住腳，搖動不定。有人連連喊著，「什麼時候賣票？」那櫃檯裡並沒有響，最後被問不過了，板著臉向外道：「有時刻表，你不會看嗎？」說畢，他又掉轉臉去閒話。老先生是遠遠的在人堆後面站著，正打量一個向前買票的機會。亞英道：「爸爸，就在這裡等著吧，我擠都擠不上去，你老人家是奉公守法的，我看這有點不行。」老太爺道：「我早知道離買票至少有二十分鐘，要你擠上去作什麼？票子總是買得到的，不過遲上車要站著而已。這樣擠半點鐘，求得車上一個座位，也未見得合算。」亞英還沒有坐過這一截路的車子，既是父親這樣說了，也就只好站在這裡不動。可是只有五分鐘的遲疑，那人堆外面，又加上了幾層人，外圍的人，已經站到身邊來。亞英笑道：「這個樣子，不擠不行了，你老人家站在這裡等一會，我擠上去買票子。」老太爺看看這車站內外的人，已非一輛車子所能容納得了。想著，要是以身作則的話，是不擠，那麼這班車子，就休想上去，於是也只好點了點頭。

亞英數好了兩張車票錢捏在手中，便看定人堆的縫隙，側著身子向裡挨進了兩步。也不知道哪裡來的邪氣，突然後面的人一陣發狂，將人堆推動著向前擁，不是前面有人，幾乎倒了下去，然而已被人踏了幾腳了。兩個路警搶了過來，大喊：「守秩序，不要搶先！」才算把腳站定。然而看看前面，到買票的櫃檯子邊，已站了好幾十人。回頭看身後，也有一堆人。自己卻擠在人叢中，兩隻手縮著壓在人背上，自已背上，可又被人壓著。那櫃檯裡賣掉一張票，人堆才向前移動一點，約莫是十來分鐘，擠近了櫃檯。卻平地用木棍夾了個雙欄杆，買票的人，要由這雙欄杆口裡進去。亞英緊緊的跟著面前的人，又是好幾分鐘才穿過了這欄杆，到了賣票處。那櫃檯很高，又有欄杆攔著，只開了個賣票的八寸長方窗戶。亞英見那前面買票的一位，拿了票子，還是不走，望著裡面說道：「買兩張！」賣票員瞪了限，喝道：「不懂規矩嗎？」亞英倒也不介意，自伸了手把鈔票送到櫃檯的欄杆裡面，可是還不曾開口，裡面卻把亞英的手推出來，一面說道：「票子賣完了，不賣了。」旁邊有一個買票人，問道：「通融一張，可以不可以？」他理也不理，早把那個賣票的小窗戶關閉了。前前後後許多買票的人，都無精打采的縮回手來，扭轉身去。亞英心裡想著，買不到票也好，今天晚上可以去看話劇了。那位黃青萍小姐，真是一位時代女郎，和這種女郎交個朋友，真是青春時代一種安慰。他如此想著，站在那賣票的櫃檯下，等了一會兒。忽然有人由棚外叫進來道：「有兩個人退票，還可以賣兩張。」老太爺已是追了過來，站在身後，便道：「極好了，我們買兩張吧。」這櫃檯下面的買票人，都已經走開了，只有他父子兩人在此。亞英自可從從容容的把鈔票送到櫃檯上去。那櫃檯上卻也開啟了窗門，將鈔票拿了進去。正有一隻手將兩張車票要送出來，卻有一個穿西服的胖子，聲勢洶洶，走到櫃檯邊，手上舉了一張硬殼子的東西，高叫道：「特約證，特約證！」於是櫃上那隻手縮回去了。裡面有人向那胖子道：「這趟來晚了，三張票嗎？」那胖子點了個頭，連說快點，伸了一卷鈔票，取了三張票走了。櫃檯裡面把一卷鈔票伸出來。賣票人說道：「沒有票子，你的錢拿去。」說著，將鈔票放在欄杆縫底下，將窗門關上了。亞英取回鈔票，叫起來道：「這不是開玩笑嗎！時而有票，時而沒有票，我票都拿到手了，把我的票拿回去，賣給後來的人，大家都是出錢買票……」他不曾說完，一個穿青呢製服的跑來，向他道：「你吼啥子！你不看到別個有特約證嗎？」亞英道：「我看到的。他只有一張特約證，怎麼賣三張票給他？」那人道：「你怎麼知道他只有一張特約證？」亞英道：「就算他有三張，你們賣兩張票就滿了額的，為什麼又賣三張給他？」那人道：「我們願意賣三張給他，你管不著！」亞英道：「呔！你對人要有禮貌一點，這樣說話！」區老先生站在一邊，也是氣得紅了臉，說不出話來，也就不去攔阻亞英。

他兩人正爭吵間，卻聽到身後有人道：「亞英，吵什麼？走不了，我們另想辦法吧！」他回頭看時，是二小姐同青萍小姐。這真是出入意料的事。青萍小姐怎麼會追到汽車站上來的呢？二小姐道：「我把宏業安頓好了，到旅館來看你們，知道你們走了。一出門就遇到了黃小姐，她約我到溫公館去，沒有坐車，一路溜馬路玩。不想走到這車站附近，老遠就聽到你的聲音，所以我們走近來看看。」亞英笑道：「見笑見笑，我實在也是氣不過。」說著，回轉身來向青萍點了個頭，笑道：「這是家父，爸爸，這是黃小姐，和亞男很要好的。」他說著話，指了黃小姐向區老太爺微笑著。青萍倒是兩手按了衣襟，向老太爺深深的一鞠躬。老先生看到人家這樣執禮甚恭，也就微微的笑著點點頭。

青萍對車站上看看，又對汽車上看看，見車站上固然是擠，就是那汽車裡面，也是黑壓壓的沒有一點空隙。因皺了眉向區老先生道：「這個樣子，你老人家如何能擠得上車？便是擠上了車，也太不舒服了。」老太爺笑道：「能擠上車已是萬幸了，怎麼還能說舒服不舒服的話。」青萍道。「老伯，你一定要在今天下鄉去嗎？」老太爺覺得她這稱呼太客氣了些，便不能不向她說出一點原由，因道：「亞英有好幾個月出外，內人一直惦記著，特意讓我進城把他帶回去。若是今天不回去，讓內人在家又惦記一天。青萍笑道：若是這樣，老伯可以在附近茶館裡坐會子，我去替你想個法子試試看。」亞英道：「黃小姐在車站上有熟人嗎？」她笑道：「我不敢說一定可以想到辦法，但假如想得到的話，保證老伯和二先生，一定很舒服的到家。若是辦不到的話，可別見怪，今晚上就請老伯也看話劇去。」亞英聽她這話音，分明有意留著看話劇。雖然她說是去想辦法，料著不過是句轉圜的話由罷了。心裡一高興，就笑著向父親道：「那我們就在對過小茶館坐一會吧。萬一沒辦法，再打主意。」老太爺猜想著，今日至少還有一次班車可開，這位黃小姐既是自告奮勇來想辦法，大概沒有問題，就隨了亞英同到車站對過小茶館裡來。二小姐看到這小茶館裡亂七八糟，什麼人全有，站在門外沒有進來。青萍倒送了他父子兩人落了座，卻向亞英點點頭，笑道：「務必請你陪令尊坐一會兒，可別走開。」亞英笑道：「那自然，多多費神了。」青萍笑著，和二小姐一同走了。

區老太爺父子等了不久，只見一輛烏亮流線型的小座車，已悄悄的開到面前停下，車門開了，卻是青萍笑嘻嘻的走下來。她笑道：「老伯，幸不辱命，把事情辦到了。請上車。」老太爺呀了一聲道，「用小車子送我們下鄉嗎？」青萍笑道：「我許久沒有到郊外去，想到郊外去玩玩。我聽說……」說著左右望了一望，低聲道：「溫公館今天下午在打唆哈，一定有不少的汽車停在他們公館大門口。所以我就到他公館裡去，要求溫五爺介紹我到賭博場上去，和那些客人見一見，打算借任何一位的汽車坐兩三小時，到郊外去看一位尊親。溫五爺就說，把他的車子坐去好了。」區老先生是知道溫五爺的，便把手摸摸嘴上短短的鬍子道：「那不大好吧！」說時，望了望車上的汽車伕。青萍笑道：「老伯，你客氣什麼？」說時，伸著手向老太爺身邊攔著，笑道：「老伯請上車吧。」老太爺看到車停在面前，自不能再加拒絕，只得笑道：「這太勞神了。亞英，你去把茶帳會了吧。」於是彎腰就坐進車子去。亞英提著旅行袋上了車，青萍隨著上車。於是老太爺坐在一邊，亞英坐在中間，青萍緊傍了亞英坐著。亞英就立刻覺得有一種極濃厚的香味，送入鼻端。同時看到黃小姐的大衣襟，壓在自己身上，也覺得有一種說不出來的快感。老太爺是個長輩，未便向黃小姐多問。亞英雖極願和她談談，可是怕引起父親的誤會，又不敢說話。大家沉默了一會。還是黃小姐先開口道：「老伯，交通這樣困難，不常進城吧？」老太爺道：「這是第二次進城。我是個落伍的老年人了，城市對我沒有多大的興趣。這次不是為了來會敝親和找亞英回家去，我也不會來的。」青萍笑道：「二先生由哪裡來，是安南還是香港呢？」這是亞英說話的機會了，因笑道：「我哪裡也沒有遠去，實不相瞞，我只是在附近鄉下作點小生意而已。」青萍瞧了他一眼，笑道：「有二先生這樣作小生意的。」亞英道：「我原是學醫未成的一個人，但自信比江湖醫生還好些。可是我在衛生機關裡當個醫藥助手，飯都吃不飽，只有改行了。我想穿了，不去和什麼發橫財的人求教，自己努力，自己奮鬥，要說我們不如人，卻不服這口氣。」青萍笑道：「人是不能比人的。消極點來個君子安貧，達人知命，也就心平氣和了。不過『命運』二字，是貧賤者消極的安慰自己而已。富貴人家，卻不說一切享受是命運，他們以為是靠本領賺來的。其實富人貴人，我看得多了，並沒有什麼了不起。他想得到的，我們也想得到，我向來不認為我不如有錢的人。」區老先生在一邊聽著，沒有作聲，只是微微的點了點頭。亞英笑道：「這個也不盡然。譬如我們現在沾了黃小姐的光，坐著這小汽車下鄉，我們也只有相信運氣好。」青萍笑道：「這樣說，二先生也就很相信命運了。」亞英道：「這是黃小姐說的話，我站在貧賤的那一方面，理應該是相信命運的。」青萍笑道：「摒二先生雖不富貴，也不能算是貧賤吧！」亞英笑道：「我的朋友中間，有的是莫名其妙的發了財，有的是流盡了血汗，吃不了一碗飽飯。把我和那些朋友來比，我總是站在這中間的。只是這樣鬼混，實非所願，將來如有一點辦法，我還想讀一點書。」青萍聽到讀書這兩個字，有點兒不對勁，頭不曾側過來，眼風斜飄了他一下，微微的笑著。亞英不知道她這一笑含著什麼用意，可是見她點漆似的眼珠一轉，又見她那鮮紅的嘴唇裡露出一排雪白的牙齒，只覺得實在是美極了。正想回答她一句什麼話，區老先生卻輕輕的咳了兩聲，他立刻感到心裡所要說的這句話，有老父在前，或會引起什麼問題，便也莫名其妙的向她笑了一笑。在兩人咯咯一笑之後，彼此就默然了。

這時，汽車已馳上了郊外的大道。青萍隔了玻璃窗向外看著，無話找話的，笑著作了一個讚美的樣子道：「四川真是天府之國，一年到頭，郊外都是綠的。」亞英正想找一句話來附和，忽然這車子向路邊一閃，戛然一聲停住。老先生也吃了一驚，以為這車子撞上什麼了。那時很快，只覺一陣風捲起了路上一陣飛沙，大家順了這飛沙過去，向前看著，倒不是什麼怪風，照樣的也是一輛很漂亮的汽車，從旁邊飛也似的跑了過去。汽車上的喇叭嗚啦怪晌。老太爺道：「咦！好快的車！」司機由前座回轉頭來，笑道：「老先生，你明白了我為什麼煞車吧！這條路有這輛怪車，你遇到了它，非讓開不可。你碰了它，那自然是不得了，它碰了你，你也不得了。」老太爺道：「這是誰家的車？」司機道：「是鼎鼎大名的二小姐呀。她就是這樣由鄉下進城，由城下鄉，要跑快車，不快不過癮。現在更壞了，她不在車上，那車子也開得飛快，好像這快跑是那車子的商標，撞了人屁事沒有。」亞英道：「一位小姐就這樣橫行，這國家的前途還說什麼？憑你怎麼說，一滴汽油一滴血，還是有人把汽油當長江裡的水使。說到這裡，我們也就該慚愧，我們憑著什麼功績，可以坐這小車子下鄉呢。」青萍竟忘了區老先生在座，將手輕輕的在亞英腿上拍了一下，笑著把嘴向前面司機座上一努。亞英會意，也就不說了。可是在兩三秒鐘之後，他回憶到黃小姐在自己腿上拍著的時候，卻讓人有一種舒適，一種微妙不可言喻的感覺，便低聲笑道：「我明白。」他覺得這「明白」兩字，含有雙關的意思，說著的時候，很快的向黃小姐看了一眼。她倒沒有說什麼，只是微微一笑。亞英覺得今天的遭遇真是意外的幸運，既有這樣好的小汽車可坐，而且還有漂亮的黃小姐同車，心裡頭那番愉快，時時的在臉上呈現出來。

汽車繼續向前疾駛，過了二十多分鐘，速度才漸漸減慢。這裡正是一個「之」字路形，彎彎曲曲的圍著一個山坡繞。老遠的看到隔一道路環的路途中間，站了一大群人。老太爺呀了一聲道：

「有車子出險了。」大家隨了向前看去，自己的車子也就停在路邊。這位司機是一個好熱鬧的青年，他已開了車門，跳下車去看熱鬧。大家看時，這路邊靠山坡有兩部車子，一部是大客車，車頭撞了個粉碎，車身半倒著，壓在山坡的斜石壁上，另一部是流線型的米色小座車，車頭碰爛了半邊，一隻車輪子落進了公路邊的流水溝，車尾高高舉起，滿地都是碎玻璃片。一個穿黃皮茄克的人，頭上戴了青呢鴨舌帽，左手臂流著血，將白綢手帕子包了。他斜靠了山坡，坐在深草上，橫瞪了眼睛，望著那群人道：「賠我們一百萬也不行，我們這車子如今在仰光都買不到，是我們主人在美國定做的，我身上受的明傷不算，暗傷不知道碰在哪裡。我是一個獨子，家裡有七十歲的老孃，若要喪了我的性命，我們這本帳不好算。」他這樣的說著，沒有人敢回他的話。看那樣子，是開小座車的司機了。

這一大群人中有的穿長衣，有的穿西服，都相當的漂亮。那大車上有公司公用車字樣，想必這班人都是公司裡的高階職員。有兩個受著重傷的人，周身是血漬，頭面上包紮了布片，躺在路邊深草裡，這時就有一位穿西裝的走向車邊來，對老太爺道：「我們撞車了，還有兩個同事，一個司機受著重傷，可不可以請你帶我一截路，讓我到前面車站上去打個電話？」老太爺便開了車門讓他進來，擠坐在一角裡，這車上的司機，看到這是惹是非之地，沒有敢說一字，上車就開走了。

老太爺等車子走了一截路，問道：「你們這兩部車子，都是車頭上碰壞了，是頂頭相撞嗎？」那人嘆了一口氣道：「可不就是。我們車子下坡，又是大車不容易讓路，恰好又在一個急轉彎上，要讓也不可能。這部小車子可像動物園裡出來的野獸一般，橫衝直撞的奔上山來。向我們撞個正著。所幸我們這車子靠裡，若是靠外的話，車子撞下坡去，我們這一車子人全完了。」老太爺道：「那麼，不是你們的錯誤。」他苦笑了一笑道：「怎敢說不是我們的錯誤。我們看到這部小車子，照理應當停在路邊，讓他過去的。」青萍插嘴道：「怪不得我們這車子在路邊停了一停，讓一部飛快的車子跑過去，大概就是這部小車子了。」那人又苦笑了一笑。老太爺道：「剛才那位司機碰傷了，在那裡罵人，要你們賠一百萬，你們的司機怎樣呢？」那人道：「他暈過去了，恐怕有性命之憂。他哪裡能說話，就是能說話，他也不敢說。司機不一樣，有的就是司機而已，有的可無法去比他的身分。」

青萍笑著回過頭來向亞英道：「這就是人不能比人的明證了。」老太爺沒有理會他們，繼續問道：「這事的善後很棘手吧？」那人道：「但願賠車子、出醫藥費能夠了事，也就算菩薩保佑。今天不幸中還算大幸，這小車子上並沒有主人，否則吃不了兜著走，我們想不到這事是怎樣的結果。」老太爺見他不說出車主，就連他們是什麼公司的人，也不便問。大家默然的坐著，車子就很快的到了一個車站。那人就下車去了。

車子繼續向前，老太爺嘆了一口氣道：「黃小姐，你說的話不錯，這個世界人不能比人。」青萍被老先生讚了一句，自是高興，而亞英聽了比她還高興，向她笑道：「黃小姐，你比我家亞男還要小兩歲吧？而她對於社會的見解，就沒有你看得這樣透澈，今天可以到舍下去寬住一晚嗎？亞男對你會竭誠招待的。」青萍微笑道：「你忘了，我們坐的這輛車子，並不是我的。」亞英道：「有什麼要緊？讓車子先回去就是了，明天我送黃小姐坐公共汽車回來。」青萍沒有說什麼，只是微笑。老太爺道：「孩子話，人家看了我們擠不上公共汽車，想法子親自把小車子送我們下鄉。我們叫人不坐現成的小車子，讓人家由公共汽車擠回來，你家那個茅草屋，有什麼可留嘉賓的，值得教人家明天在公共汽車雖擠？」亞英被父親說紅了臉，強笑著無可說的。青萍笑道：「照說到了鄉下，我實在該到府上去拜訪伯母。只是我向溫五爺借了車子，應該回去給他一個交代，下次有工夫，我願意到府上去打攪幾天。在城市住久了，實在也需要到鄉下去住幾天的，讓在城裡住得昏咚咚的腦子清醒一下。」說著將她那染著蔻丹指甲的細嫩白手，在額頭上輕輕捶了兩下。亞英道：「黃小姐的公館在哪裡？是在很熱鬧的街市上嗎？」青萍微笑著，嘆了一口氣道：「我哪裡有公館，我也是流浪者呀！」亞英道：「客氣客氣！」青萍道：「我的身世我也不願談。亞男她知道我。林太太也知道我，可是……」她又笑著搖搖頭道：「不必說了。」老太爺坐在一邊，臉上卻透著一點微笑。亞英不知道父親這微笑，含有什麼意思，不敢接著說什麼，大家又默然了一會，車子便停在一個鄉鎮口上。

老太爺說聲「到了」，開了車門，引亞英下車。青萍卻也跟著走下車來。老太爺向她連連道謝。她向老太爺鞠了個躬，又伸手和亞英握了一握，笑道：「二先生再會了。我們在城裡可以會到的。」老太爺對汽車上看了一看，見那司機正劃著火柴吸菸，便低聲問道：「黃小姐，我可以奉送這位司機幾個酒錢嗎？」青萍笑道：「不必了，我們常常給他錢花的。」老太爺笑道：「正是如此。我想我們盡力奉送他一點款子，也許他卻認為那是一種侮辱。」她點著頭微笑了一笑。又道：「那倒不，只是不必破費。」老太爺就取下頭上的帽子，向那司機點頭連道：「勞駕！」然後催著亞英取下車上的旅行袋和籃子，向黃青萍告別後由公路走下小路。亞英原走在老太爺前面，站在路邊一猶豫，卻落在後面了。他走了一截路，便回頭向公路上看來。這黃小姐正不慌不忙，還站在那裡呆望著。亞英一回頭，她卻舉起一隻手來在空中揮著一條花綢手絹。雖然隔著那麼遠，還看到她臉上帶著很招人樂的笑容。

亞英點著頭將口張了一張，雖然也想把手招上兩招，無如左手提籃，右手提袋，無法舉起，只得彎著身子鞠了半邊躬。他只看遠處的黃小姐，卻忘了近處小路的缺口，一腳插下去，身子歪著向路邊一斜。幸是自己將腳撐住了地，手又帶著袋子撐住了腳，總算不曾倒下去。老太爺聽到後面一聲響，回頭問道。「怎麼了？」亞英伸腰站起來笑道：「一條花蛇在路邊一溜，嚇我一跳。」老太爺道：「現在的日子會有蛇？」亞英悄悄的道：「四川的天氣，大概終年會有蛇的。」

老太爺不知道聽到這話沒有，板著臉自在前面走了。亞英又走了一截路，再回頭看看，見那小車子在公路上滾起一陣塵煙，這才算安下了這條心，隨著老父回家去。

愛情之路

區家父子回到家裡，區老太太高興非凡。她在窗戶裡，老遠的看到老伴後面，隨著一位西裝少年，正是自己所盼望著的兒子，於是迎出大門來，笑向老太爺道：「終於把亞英帶回來了。」老太爺笑道：「確是虧我在城裡等著，才把他拉了回來。若由著他，今天還要在城裡看話劇呢。」

亞英搶上前幾步，向母親半鞠著躬，叫了一聲「媽」。老太太趕緊笑著，把他手上的旅行袋接了過去，向他臉上望著笑道：「你們兄弟都是勞碌命，出外去就長胖了。」亞英走進屋門，見是一間堂屋，四壁土牆，粉刷得雪白。左面放了三張半舊的藤矮椅。環了一張小茶桌，右面也排有四張烏木椅。正中一張長條桌，居然也陳設著一隻大瓷盤子，盛了佛手、廣柑、紅橘。一隻瓦瓶子，插了梅花水仙。一隻大綠盆子，栽了一盆蒲草、牆壁上貼了一些未曾裱糊的字畫。這些有的是老太爺親筆，有的也是朋友贈送的。地面上掃得一點浮塵也沒有。三和土的地面，極其整潔。他不覺點了兩點頭，心裡就暗想著，剛才打算要黃小姐到家裡來，就暗暗有點兒躊躇，自己家被炸了以後，東西光了，搬到疏建區的國難房子裡來，簡陋是可想的。就怕無法讓那位摩登女郎安身。如今看起來，卻大可來得。尤其是門口一片草地上，栽著兩棵蟠曲的丈來高松樹，配上一叢蒼翠的竹子，點綴著這個整齊的茅屋，頗為幽雅。老太太見他向屋子四周看著，便知道他的用意，因笑道：「這幾個月得了親友的幫助，亞杰又帶了些款子回來，你爸爸已經把這家安頓得井井有條，你就是在家裡不出去，也沒有什麼困難。」說話時，大少奶也抱著孩子出來了，看到小叔子這一身新，也就覺得他在外頗有辦法，不免誇獎了一陣。這時，區家已僱用了一個女傭，忙著送茶送水。

亞英在舉家歡笑聲中，獨不見亞男。正待要問，卻聽她在門外笑道：「二哥回來了，回來得真有面子，還是一位摩登小姐用小汽車送回來的。」說時，見她也身穿灰呢大衣，腋下夾了一個扁皮包進來。亞英道：「聽到爸爸說，你在這小學裡帶一點課，剛下課嗎？」亞男道：「可不是？我覺得大學沒唸完，自己本領有限得很。可是我這種教員，竟是讓人家看成香餑餑似的，抓住就不放。論資格我還算是第一流人物呢！」老太太笑道。「你又誇嘴！你怎麼知道他們是坐小車子回來的？」亞男道：「我順著公路走回來。青萍在車上看到我，特意停了車子下來和我說話。她說是用小車子送爸爸和二哥回來的。」老太太望了亞英道：「真的嗎？」亞英道：「若不是坐小車子，我們怎麼得回來？根本買不著公共汽車票。」老太太道：如今的汽油貴得嚇人，把小車子送你們這樣幾十里，這人情可太大了。」亞男笑道：「有什麼了不得，她也不過是慷他人之慨，又不是消耗她自己的汽油。這輛車子我認得，是溫公館的。她和溫五爺夫婦聯繫得很好，要借什麼東西，都可以借得到。現在溫二奶奶對她很有點不諒解。」亞英道：「那為什麼？是他們在鬧三角戀愛嗎？」老太爺正坐在旁邊吸菸，聽到這裡，就皺了眉道：「你一回來，怎麼就和妹妹說這些話，有失兄長之道。」

亞英正有許多關於黃小姐的話要問一問亞男，被父親這樣一攔，就不便多問了，只是笑著。亞男見父親怪二哥，倒臊得她臉紅紅的，只好走開了。好在區老太爺有許多話要問兒子，三言兩語，把這個問題就岔過去了。老太爺又告訴家中，林宏業夫婦明天要來，大家也就趕著預備菜蔬，招待遠客。

亞英心裡卻始終憋著一個問題：這黃小姐對於自己為什麼這樣客氣：這樣的交際花，當然不會對我這個無所成就的青年一見鍾情。如果她不是一見鍾情，她那種過分的親熱，是一個少年女子對平常的朋友不應當有的。這個無意的遇合，把這位血氣未定的區亞英難住了。好在他作了大半年生意，漸漸也和鉅商有了往來，經濟問題已難不倒他，這次回家來，看到家裡一切妥當，也不必代父母兄妹發什麼愁了。心裡一舒適，覺得到了這個日子，也可以談談愛情。儘管這位黃小姐是見過大局面的，反正追求女性，也並沒有什麼最大的危險。追求不到，至多不過是枉費一番心力而已。無論如何，這位黃小姐給予自己這個進攻的機會，不可輕易放過。他有了這一番奢望，就把當日負氣出走，要賺口氣回家來負擔贍養的志願，放到了一邊了。而且亞杰跑國際路線作生意，比自己所賺的錢要多出若干倍，自己這點小成就，也沒有什麼了不起，因之他在舉家歡敘之時，並沒有誇說自己什麼。倒是向亞男竭力進勸了一番，勸她去進大學，這小學的書可以不必教了。學費及雜費，絲毫沒有問題。亞男本有這個志願，自是聽得進。這晚上，一家人在燈下敘話，到十一點方睡。這在鄉下已是十分遲的了。

次日早上，亞英卻是全家起來的最早一個，等亞男起來了，草草的梳洗一番，便約她到附近小鎮上去喝豆漿、吃油條。亞男在路上走著，一面看手錶一面道：「上街去要多繞一兩里路到學校，現在已經七點了，我八點鐘上課，不要誤了時間。」亞英道：「爸爸和亞杰，都丟了粉筆生涯不幹了，你又鑽進這個圈子裡面去，辭職算了吧。如今是學經濟最時髦，其次是學工業，你趕快預備功課準備投考大學吧。」亞男道：「我們天天罵人家發國難財，自己還學銀行學商業不成，我決計去學電機工程。只要自己拿得出學費來，我想有兩個私立大學，是不難考進去的。」亞英道：「錢大概沒有問題，我可以先付一筆給你。不過怕你經濟不成問題後，又不想讀書了。像昨天把汽車送我回來的黃小姐，我想她就是要到外國去留學也不成問題，可是看她那樣子絕不會有這樣企圖的。」

亞男是和兄長並排走著的，回轉臉來緊緊的皺了眉頭道：「你怎麼把她這個人比我？」亞英兩手插在大衣袋裡，將肩膀聳了兩下笑道：「她這個人怎麼樣？不也是你的好朋友嗎？」亞男將嘴撇了一下道：「我會和她作好朋友？我最痛恨的就是她。這種女人！她過著那種糜爛的生活，都是出賣人格換來的。平常的日子這樣胡鬧，已經是不可以，何況在這個抗戰時期。」亞英不由得在袋裡伸出兩隻手來，抱著拳頭連連拱了兩拱，笑道：「得了，得了！這又不是在什麼婦女會裡開會，你說這一套幹什麼？」亞男道：「並非我口頭輕薄，要這樣損她。實在她的行為太不好，你是不知道她的。」亞英走著，隨手摘了一截路旁的枯樹枝，舉起皮鞋尖，一腳把枯樹枝踢得遠遠的。好像對這樣的談話，並不怎樣留心的樣子。然後笑道：「是嗎？我覺得她這個人很不錯，態度很大方，說話也很有分寸，對於一件事情的批評，也很有正義感。」亞男道：「二哥！你以前認識她嗎？」亞英道：「昨天下午在過江碼頭上遇到她，二姐給我介紹，這樣才認識的。我所說的，是根據我們同車和她談話時得來的印象。」亞男撇著嘴笑了一笑，又點點頭。他問道：「你笑什麼？」亞男笑道：「你是看她長得很美吧？為了她很美，她就一切都好。其實她也不見得美，只是行頭多，上等的化妝品盡量在頭上臉上使用著。」亞英隨了她這話也向她臉上望著，帶一點微微的笑。

亞男也望了望亞英，笑道：「你以為我也用著化妝品呢，怎好說人？你要知道，我們用的是普通化妝品，也沒有弄得奇裝異服。」亞英笑道：「我不過和你談談黃小姐而已。」亞男道：「關於黃青萍，你最好今天等二姐來了，去問她。我有一點偏見，我對於她不會有好評的。」亞英笑道：「那是什麼道理？我看她對你的態度倒是很友好的。」亞男道：「二哥，我不能用什麼話來勸你，你久後自知，可是希望你別在我面前提到她。你就是提到她，我也不願意把話告訴你。」她說著話，態度很堅決，繃了面孔在亞英面前走著。亞英倒不見怪，嘻嘻的笑著，跟著她到了小鎮市上。他尊重妹妹的意見，並未再提到青萍。

到了這日下半天，林宏業夫妻雙雙的來了。他們十足的表現著是香港來的，帶來一隻小箱子，又有一個小提包，裡面全是些外國的洋貨，由嗶嘰衣料到菸斗、派克自來水筆，全家人所要用、而又在重慶買不到的舶來品，每人都各有幾份。

等到黃昏時候，亞英陪了林宏業夫妻在門外平壩上散步，二小姐問道：「你還要在家裡休息幾天吧？」亞英道。

「我有一樁生意，急於接洽，明天非進城去不可。」林宏業笑道：「你現在也是滿腦子生意經了。」亞英道：「大家都走這一條路，我有什麼法子可以例外呢？例如我說的這筆生意，出錢的人根本是不必作生意的。可是他不願錢存在銀行裡，讓鈔票貶值，把現款提出來變成貨物，又把貨物變成現款。一個作大事的體面人物，自然不能公開的作生意，於是自己變成幕後人，託他的親信出面來經營一切。這代替體面人經營生意的，正是我當年在中學念書時的一個教員，他在這幾年，一向玩政治，無非作作縣長，當當主任幹事，又何嘗懂得生意？在一個交易場中，他遇到了我，非常高興，約我去替他設一個分公司。」二小姐笑道：「你對商業又有什麼經驗，人家會看中了你？這是什麼公司？」亞英笑著搖搖頭道：「暫時不能公開。」二小姐道：「又有什麼祕密，拆穿西洋鏡，無非大家發國難財而已！你還沒有走上這發國難財的一個階段，就學得這鬼鬼祟祟的樣子！」亞英道：「並非要瞞著你，我怕將來弄不成功，徒然引得大家笑話。說起來這公司規模很大，人家會不相信的。」林宏業搖著手道：「我不問你這個，你不用解釋。我倒有件事託你。」說著他將兩手插在大衣袋裡，站住了腳，向這平壩周圍看了一看：對面是一排小山，樹木森森的，山腳是一片水田，身後也是一片小山，山麓便是公路。亞英回轉臉來向二小姐笑道：「宏業打量這地方干什麼？想在這裡建一所別墅嗎？」林宏業道：「在香港的一些朋友，覺得在那裡漂浮的地位上生活，經濟基礎總是不健全的。大家都有計劃，將錢變成貨物，運到內地來。貨物運到內地之後，少不了又變成錢。但不願把這錢再去販賣貨品，就在內地另起經濟基礎，辦小工廠也好，辦農業也好，甚至住家也好，總以不把錢再帶出去為原則。我原來是沒有這種遠大計劃的，自到內地以後，由桂林到貴陽，一路之上人家總是說香港地位危險，趁早向內地搬。到了重慶，這種說法更切實。於是我起了一個新念頭，打算在重慶買點地皮，能另建經濟基礎更好。就是不行，這地皮到戰後再賣出去，也比把錢再運回香港去強。我頗有這意思，想和伯父商量。可是他老人家，就不大愛聽這些鑽錢眼的話。你可不可以先容一下？」亞英點點頭道：「這是對的呀！把海外的錢向內地搬，不是政府所提倡的嗎？雖然爸爸是不談功利主義的，無如晚輩都走向了這條路，他也沒有法子了。」二小姐點頭笑道：「老人家現在隨便多了。比如像黃青萍小姐把小汽車送你們下鄉的事，在以前他決計是不接受的。」亞英笑道：「那倒不見得，老太爺對她的印象就很好。」二小姐道：「老太爺以前在什麼地方見過她嗎？」亞英道：「昨天在車子上，她和老太爺說了很多的話。爸爸很誇獎了她幾句呢。」二小姐笑道：「就憑這一點，你能說他老人家對她的印象很好嗎？你想青萍借了小汽車送你爺兒兩個回來，還是親送一陣，伯父那樣和藹的人，豈有不向人家說好話之理？——你是當局者迷。」亞英笑道：「二姐說的也過分一點，這何至於鬧個當局者迷！」

二小姐腋下是帶著一隻小皮包的，說到這裡，她就把它開啟，取出了一張二寸小相片，向亞英照了一照，笑道：「我本來是打算把這張相片送給你的，以為你沒有法子接近黃小姐，把這相片送給你，也可以解解饞。現在你既自認不曾被她迷惑，我這張相片就不必送你了。」說著，把相片向皮包裡一扔。亞英笑道：「你再給我看看，行不行？」林宏業笑道：「你就再給他看看吧。」她笑道：「何必給他看，反正他也無意於黃小姐，他不承認他當局者迷。」說時，她把皮包在腋下夾緊了一點，向前走了兩步。亞英笑道：「我就承認當局者迷得了。你若不給我看，那我今天連飯都吃不下去。」二小姐就開啟皮包來，將那張相片取出，向他懷裡一丟，笑道：「拿去細細瞧吧。」

亞英拿著相片看時，可不就是青萍小姐的相片嗎？而且這還是最近照的，就是那天在廣東館子裡所遇見的那種裝束。眼珠微偏著，臉上露著笑容。他一面走一面笑道：「這張相片你怎麼會拿到的呢？」二小姐笑道：「你猜呢？是我拿來的，還是黃小姐要我轉交給你的呢？」亞英笑道：「我還沒有那資格，可以使她把相片送給我。」二小姐正走著路，卻又停止了，回轉身來向他望著道：「你要知道，黃青萍是個不平凡的摩登小姐。她要是高興的話，立刻就和人家要好。她如果不高興的話，你就是把金珠寶貝將她包起來，她也是不將正眼看你一看的。」亞英聳著肩膀笑了一笑，搖了搖頭道：「據你這樣說，你以為黃小姐是很高興我的嗎？」二小姐道：「我想至少是你自己認為黃小姐對你是用意不壞的。要不然，你也不會立刻就迷惑起來。」

亞英沒有說什麼，只管拿了那相片看著。林宏業笑道：「我是香港來的人，什麼樣子的女人都看過，可是像黃青萍這樣漂亮的人物，實在還不多見。亞英之著迷，那是大可原諒的。」亞英笑道：「你不要相信這是真話，我不這樣說，二姐怎肯把相片交給我呢？」林宏業道：「我也相信你不是真話，但是你又何必要為這張相片撒上一陣謊呢？」亞英道：「這也沒有什麼難解之處，不過是青年人的好奇心罷了。」他說著這話時，把那張相片隨手塞進大衣袋子裡去，從從容容的走著。林宏業夫婦還在繼續往下說，亞英只是微微的笑著，默然無言的向前走。這黃昏時候，極是短暫，他們散步一番，也就過去了。當三人走進屋子，桌子上已亮著燈火。老太爺正背了手，在屋子裡徘徊，像是有許多話要和林宏業說。見他們全是笑嘻嘻的樣子，因問道：「你們對於這疏建區，有什麼好的印象嗎？」林宏業答道：「我們剛才在這平原上散步了一番，大致可以。只是這裡有個嚴重問題，飲水太不衛生。」老太爺笑道：「你不愧是現代都市上來的人，一到就把這裡的毛病找出來了。我們大部鄰居是喝田裡的水，真不高明。可是這有什麼法子呢？川東這一帶缺少塘堰，缺少河渠。地質的關係，又沒法子掘井，除了泉水，就只有喝那關在田裡的蓄水了。」林宏業笑道：「只要不惜工本，這個問題，倒也不是什麼難於解決的事。」亞英自坐在一旁椅子上聽他說話，聽到這裡，他就站起來笑道：「宏業，你這個大題目，慢慢向爸爸談吧。我去休息一下。」他說著，自向旁邊一間屋子走去。他橫躺在床上，把眼望了天花板想心事，在一想之後，就不知不覺的把那張相片拿出來，對了臉上高舉著看。他正看得入神，卻聽到房門咯咯的敲著響，正是二小姐站在房門口，門雖然是開著的，她卻不進來，故意這樣敲著門來驚動人。

亞英立即坐了起來，卻把相片向大衣袋裡一塞。二小姐笑道。「你這不是掩耳盜鈴嗎？那相片根本是我交給你的，你還瞞著我幹什麼？」亞英笑道：「我倒真有點不明白，這位黃小姐她為什麼送我一張相片呢？」二小姐笑道：「你們這些男人，不是以玩弄女人為能事嗎？這黃小姐是反其道而行之，她就專門玩弄男子。她將這張相片託我送你，我本來不願交給你的，可是遲兩天，你和她見面，她一定要問你的，如何隱瞞得來？所以相片我是交給你了，話我也要向你告訴明白。這位黃青萍小姐是和你開玩笑的，最好不要惹她。你說有一筆大生意要作，明天要和我們一路進城去，如實有其事，我們就一路走也好。因為我們雖找不到小車子接送，倒有一部回城的卡車，明天在公路上等我們。你和我們一路走，不是免了搶買公共汽車票嗎？」亞英道：「哪裡來的一輛卡車？是你們的貨車嗎？」二小姐笑道：「我們坐著專用卡車過江，到嬢家來擺闊嗎？這是人家運貨的下鄉貨車，卸貨回城，順路帶我們一趟。」亞英道：「宏業是初到重慶的人，怎麼就會找著這樣一條坐便車的路子呢？」

二小姐耳朵下懸了一副翡翠耳環，這就笑得兩隻耳環，像打鞦韆一樣的在臉腮旁搖擺著，於是指了鼻子尖道：「何必林先生，就是林太太，還不能夠找一輛卡車坐嗎？坐大車子，根本不是什麼漂亮事，也值不得打什麼主意。我告訴你，宏業帶來的這批貨，三停有兩停是重慶缺乏的東西。那些擁有遊資，急於進貨的商家，正在想盡方法和我們接近。重慶最不容易找著的房屋都有人願分半個樓面給我們住。不用說是坐卡車了。這個世界，掌握物資是比作任何事業都有味道的。小弟弟，你現在剛剛是有點商業出路，就想走那勞民傷財的戀愛途徑，真是錯誤。不，我還說錯了，根本不能說戀愛，不過是被人玩弄而已。你最好是收拾起你那糊塗心事。黃青萍是不易對付的一個女人。」亞英笑道：「別嚷吧。」二小姐道：「豈但是嚷，她如果真的玩弄你，我還要出面干涉她呢。我和她相處一個多月，知道她非常揮霍，三五萬元，隨便一伸手就用光了。你供得起她嗎？」亞英道：「我只說她一句，你們就要毀壞她幾十句，那何苦？」他說這句話時，臉上帶一點笑容。二小姐站定了腳，向他周身上下看了一看，又淡淡的笑了一聲，她就不再說話，唉了一聲，搖著頭走了。

到了次日下午，果然有個司機找到區家來相請，用卡車送他們入城。亞英先就向父母宣告了，至多進城住兩宿就回來。大奶奶還在旁邊湊趣著道：「家裡的事，你不用煩心，我們希望你下次回來，就是一個經理了。」亞英覺得嫂子這句話很好，又補上了一句道：真的，我若不是為了這件事，也不忙著就進城。」他說時，看看父母並無留難之色，自是很高興的就隨著林宏業進城了。林宏業得著溫五爺的介紹，住在銀行招待所裡。據說，這裡是有衛生裝置與電氣裝置最好的房屋，除了白住不給錢而外，還有很豐富精美的伙食。卡車停在招待所門口，林氏夫婦下車，亞英也隨了進去。這是並排著的兩幢洋樓門口，安裝著足球大的白瓷罩子電燈，隔著玻璃窗戶，可以看到幾層樓的窗戶裡面，都垂著翠藍色的窗帷。便是只憑這一點，也顯著這所房子的華麗了。走了進去，踏著樓梯上寸來厚的線毯，上了二層樓。亞英進房之後，看到裡面很寬大，牆是粉漆著陰白色，屋梁上垂下來罩著花綢罩子的電燈，家具是全新而摩登的。亞英笑道：「這招待是相當的周到，你們總不破費一文嗎？」宏業燃了一支紙菸，伸長了兩腳，坐在沙發椅子上，噴出一口菸來，笑道：你以為銀行裡蓋著七層大廈，十層大廈，都是老闆掏腰包來蓋的嗎？就是招待我這種客人，銀行裡也不見得有什麼便宜，我是所謂游擊商人一流，有錢在手，或有貨在手，都很少向銀行去活動款子。」二小姐斜躺在床上，微笑道：「我還不願意受人家這份招待呢。一時找不到好旅館，太蹩腳的房子，宏業又是住不慣的，只好在這裡住兩天。這裡是不帶家眷住的，我來來往往受著拘束，可沒有旅館自由。」這句話把亞英提醒，人家夫妻在此，也許有什麼事情要商量，不必夾雜在這裡了，便起身要走。二小姐道：「你一直送了我們到這裡來，沒有什麼話要向我說嗎？要說就乾脆說出來，別吞吞吐吐的。」亞英笑道：「你怎麼知道我有話要和你說？」二小姐道：「那我怎樣又會不知道呢？你跟著我到城裡來，是幹什麼的？」

亞英見林宏業的紙菸放在桌上，便取了一根紙菸在手上，慢慢地擦了火柴，架起腿來坐著，將菸點了吸起，臉上帶了微笑，卻是不說話。二小姐笑道：「你不說，我就答覆你心裡問的那句話吧。黃小姐住在溫公館，大概早上十一點鐘以前，她總在那裡的。你有膽量可以和她通個電話。」亞英接著便道：「這也談不上什麼膽量不膽量呀。」二小姐笑道：「你別忙呀！等我把話說完，到了午後呢，那她的行蹤就不定了。也許她在咖啡館裡坐一下午，什麼地方不去，也許在城區裡，也許在郊外，而且是什麼時候回溫公館，還不能定。慢說你想尋找她不容易，就是我同住在溫公館裡的人，要找她也是不易的。」亞英笑道：「我還沒有那資格可以隨便找她。」二小姐笑道：「你還是別忙，我的話依然是沒有完。她一雙眼睛是雪亮的，她自然知道你的錢不夠她揮霍，她也不會靠你的錢揮霍。她也知道我和亞男必然把她的為人告訴你，你會預防著她的。她不會在你面前耍什麼手段的。」林宏業兩手亂搖著道：「得了得了，別再向下說了。你的意思還是善意的要勸告他呢。這樣說起來，黃小姐既不是圖他的錢，也不是拿他開玩笑，那簡直就是愛上他了。亞英已經是覺得受寵若驚了，若憑你這番介紹，那他只有鞠躬盡瘁，死而後已。」二小姐笑道：「你也是沒有等我把話說完。我就是這樣的想著。黃青萍為什麼要向老二表示著好感呢？我就猜著她一定有一種要緊的事，需要老二幫助。等這種幫助完了，她自然會一腳把你踢開。我若是老住在重慶的話，我自不怕她弄這些玄虛，我自有法子將她控制住。所怕者就是我離開這裡，沒有人隨時將老二提醒，那結果就難說了。」亞英噴出一口菸來笑道：「說得這樣嚴重。」二小姐道：「你自然不會相信，你不妨先走一截路看看。」亞英笑道：「走一截什麼路呢？」二小姐笑道：「走愛情之路呀！人生談愛情，最後一點不就為是著結婚嗎？我這有什麼說著過分的，我們就向成功的一方面說，你和她所談的愛情，直達到最後的那一個目標，你想你可能供養這樣一個摩登少婦？再說到我們家裡，她可能容下身去？反過來，你並不能達到最後的目標，你不過是勞民傷財一番而已。好了，話說完了，你再有什麼話問我，我也沒有可以奉告的了。」說著她將手揮了一揮，那意思自是請他走出去。

亞英站在屋子中間看看姐姐，又看看姐夫，卻只是微笑了一笑。宏業站起來笑道：「你不要信她，她既遞了相片給你，又勸你不要和她接近，這是什麼意思？你去辦你的事，晚上你高興吃廣東菜的話，八點鐘可以到珠江大酒家去找我。」亞英道：「你由香港來，怎麼也不換換口味？到重慶來，還要吃廣東菜？」宏業笑道：「這的確是可商議之處。只是我在香港這多年，無意中把廣東當成了第二故鄉。有許多事情和廣東人發生深切的關係，不知不覺的就離不開廣東人的範圍。就像吃廣東館子吧，我並非對此有特別嗜好，只是人事上有種種的便利，也可以由此有種種新發展。話歸到本題，假如你願意會黃小姐的話，也許你就可以在珠江酒家會列她。」二小姐點頭笑道：「說了許多話，只有最後這兩句話是老二愛聽的。老二，這話是真的，晚上你到珠江酒家來找我吧，這路不會自跑的。」說著走向前來，在亞英肩頭上連連拍了兩下，她說時臉上自帶了一分俏皮的笑。亞英望了宏業夫婦兩個很久，微微的笑著，約莫有兩三分鐘的工夫，突然說了一句道：「我也懶得說了。」說畢，扭轉身就走了，好像有點不滿似的，其實亞英並不是真有什麼不滿之意，而且他覺著有不少的事，需要二小姐幫忙，更不能得罪她，只是被她說得很難為情。除了這樣表示一點不滿意的樣子，遮了面子下台而外，卻是只有受窘，及至走出了那招待所的大門，他就開始玩味著二小姐的言語。他心裡想著：「她的話十分之八九是可相信的，就以黃小姐住在溫公館而論，最能接近她的男人，當然是那個借汽車給她坐的主人溫五爺。再若說她愛青年，不重金錢，她每日在外遊玩，什麼青年，她沒有遇到過？她怎會對我這樣一個平常的青年，一見傾心？二姐的話是有理由的，她必是有什麼事要利用我，特意給我一點意外的恩惠讓我去迷戀。自己是剛剛經濟上有點辦法，大概不致餓飯，卻立刻就和那家產幾千萬的人開始爭奪女人，也太笑談了，還是不要作夢吧！」

一想開了，在走路的當兒，就不免頓了兩頓腳，表示悔悟的決心。於是兩手插入大衣袋裡，微微挺起了胸脯，放大了步伐走。那雙新買的皮鞋，這時也現出了它的威風，鞋跟走在人行道上，響亮得很。這樣走了一條街，快要到原住的旅館了，事情是那樣巧，迎面就碰到了黃小姐。

她沒有坐車子，也沒有人同伴，也是兩手插在大衣袋裡面，挽了手皮包的帶子，皮包拖在袖子外面，態度是極其從容。兩個人一同「咦」了一聲，相對面的站定了腳，青萍眼風很快的向他周身上下看了一遍，因笑道：「二先生，怎麼進城了？家裡也不多玩兩天？」亞英道：「鄉下沒有什麼可玩的，而且我城裡還有一點要緊的事要接洽。」青萍咬了下嘴唇皮，低了頭，撩起眼皮向他瞅了一眼，因道：「就耽誤二三十分鍾不要緊嗎？」亞英一聽這話，就知道她有什麼事委託著辦，因點了頭笑道：「也不至於那樣忙，二三十分鐘工夫都沒有。」青萍笑道：「有就很好，我請你去喝杯檸檬茶，賞光不賞光？」亞英笑道：「言重育重，我來請吧。」青萍笑道：「你覺得男女交朋友，總應該是男子會東的嗎？來吧。」她說著向前走兩步，半回轉身來又招了兩招手。亞英真覺得她豪爽熱烈，而且又是那樣嫵媚，不知不覺兩隻腳就跟了她走，走不多遠，便是一所咖啡館，她引著他到大廳旁邊，靠窗戶的一個火工廠的座位上，隔了一條窄窄的桌面，對面坐下，茶房送了檸檬茶和西點來時，青萍將那白銅小茶匙，輕輕的點著玻璃杯上浮著的那片檸檬，卻向他瞧了一眼道：「你不覺得熱嗎？」亞英這才覺得身上熱烘烘的，望了桌上花瓶子裡的水仙花，鼻子嗅到一陣清香，笑道：「果然，這屋子裡是很暖和，把花都烘出了香來。」青萍道：「那麼，你為什麼不脫大衣？」亞英笑道：「我看到黃小姐沒有脫，我也就……」青萍低頭看了一下衣服，噗嗤一聲搶著笑道：「你看，我也是這樣的神魂顛倒的。」說著站起來，把身上海勃龍的大衣脫下，裡面是一件棗紅嗶嘰的夾袍子，罩著長僅一尺的寶藍細毛繩小背心，把胸前兩個乳峰高高的突起。這夾袍子的領子，她偏是不曾扣住，露出雪塑的一截脖子。脖子上一串細緻的金錶鏈子，拴了一個一寸多長的小十字架，垂在藍背心面上。

亞英一面脫大衣，一面向她打量。兩人同坐下時，她將那小茶匙，舀了一點茶，送到嘴裡呷著，忽然低頭一笑，向他瓢了一眼道：「你儘管看我幹什麼？看得我怪不好意思的。」亞英總覺這位黃小姐的態度是極其開展的，忽然她說出這句難為情的話來，倒叫自己不知道用什麼話去回答。青萍連連呷了幾茶匙甜茶，笑道：「我問你的話，你為什麼不答覆呢？」亞英道：「這是用不著答覆的，你應該知道。而且我直率的說了出來，也怕是過於孟浪。」青萍將兩手臂環起來伏在桌上，然後把胸脯俯靠了手臂，很注意的望了他，問道：「有什麼孟浪呢？你只管說，不要緊，我相信你不會疑心到我的人格上去。」亞英道：「那何至於，我是覺得你太美了，越看越想看。」青萍嗤的一聲笑了，因道：「就是這樣一句話，你有什麼怕說的呢！現在是什麼年頭，你當面恭維女人長得漂亮，人家有個不願意的嗎？你覺得我送你一張相片，過於突然一點吧？」亞英笑道：「我真有點受寵若驚呢。」青萍又嗤的一聲笑著道：「你大概還很少走到男女的交際場上，這算什麼，見一次面的人，我也可以送一張相片給他。」說完，她又搖搖頭道：「當然，送相片的動機，也不一樣，一見面我就送他一張相片，那完全是一種應酬，哪有什麼意思？而且這種事情究竟很少。我送你的相片，當然不是屬於這種應酬的。」亞英笑道：「這一點，我十分明白，所以我說受寵若驚了。」

青萍說到這緊要關頭，又不把話向下說了，將玻璃杯子移過來，慢慢地喝著檸檬茶。約莫有五分鐘之久，才笑道：「林太太把那相片交給你的時候，她說了些什麼？」亞英道：「她沒說什麼。」她搖搖頭笑道：「那不能夠。我這個舉動，無論什麼人，看來那都是很奇怪的。難道她能認為是當然，一個字都不交代？你看我為人多麼爽快，有話就說，你何必隱瞞著。」亞英笑道：「縱然有什麼話，不過開玩笑罷了。那我對於新交的友人，怎好說出來？」青萍點點頭道：「這倒是實在的，林太太是個嶄新的女性，對於女界結交的看法，也不能洗除舊眼光，無論一個男子，或一個女子，只要交上了異性的朋友，就以為有著戀愛關係，那實在把戀愛看得太濫了。也唯其大家有這樣的看法，鬧得大家不敢交異性朋友了。我為人個性很強，我就偏不受這種拘束。你覺得我有點反常嗎？」亞英笑道：「哦！不！我簡直沒有這個念頭。」萍笑了一笑，又呷了兩匙茶，因道：「我們暫且丟下這個問題不談，我們談點別的吧。我來問你，你這回進城有什麼重要的事？亞英倒沒想到她話鋒一轉，轉到了這句話上，很不容易猜到，她這句話是什麼意思，因躊躇了一下道。」最大的原因，是回家看看。聽到林宏業要來，想會面談談，也是原因之一。青萍搖搖頭道：「上句話是的，下句話不確。我知道你根本沒有料到林宏業會在這個日子到重慶來。你是不是想到重慶來兜攬什麼生意呢？你和我實說，也許我還能幫你一點忙？你或者不信我這話。你要知道，如今商業狂的大後方社會，太太小姐們談生意經也是很平常的。」亞英笑道：「當然黃小姐很認識一些金融家，和企業家，不說自己談生意經，就是在一旁聽的也不少。」

青萍道：「對的，大概什麼東西快要漲價，什麼東西快有貨到，我比平常的人要靈通些。三斗坪、津市、張渚、界首，這些極小的內地碼頭，我都知道有些什麼情形。至於通海日子的地方，那更不用說了，你說吧，你有意哪一條路的商業？」亞英笑道：「我不能瞞你，你知道我，我是一個外表漂亮些的小販子，我哪有那樣遠大的企圖？我只是想在這山城裡找點辦法。」青萍道：「那更簡單了，這兩天紙菸、匹頭、紙張、西藥是很熱鬧的，有人在囤積了。就是人家所不大注意的貨物，你假如說得出名字來，我都有法子和你找得到出路。」亞英見她說得十分簡單，對她這話多少有點懷疑，因道：「那極好了，我將來要多多的請教，但是我現在還不忙著游擊，有兩個朋友約我籌備一家分號，不知道能否成功，假如有希望的話，那我也有我自己一個小攤子……。」

青萍不等他說完，就搶著笑道：「你是說以後就有個約會談話的地方，而且可以隨便的打電話。」說著她飄了一眼，又笑道：「你覺得我這個人交朋友，太容易熟了。」亞英在身上掏出紙菸盒子，取一支紙菸吸了。她笑著伸了一伸手，亞英看她那五個指頭，細嫩雪白，陪襯著一隻紅潤的手心。心裡就這樣想著，黃小姐可以說全身上下，小至一根眉毛，沒有不具備著美術條件的。青萍看他將一支菸，只管在桌上頓著，眼光射在自己的手心上，便在桌子下伸過一隻皮鞋尖來，輕輕的踢了他兩下，他才回過頭來向她望著。她笑道：「你又是什麼事出神了？我請你給我一支菸抽呢。」亞英將手上的一隻菸盒子舉了一舉，笑道：「這樣蹩腳的菸，你也吸嗎？」黃小姐道：「你不要看我是一位豪華小姐。我把旗袍一脫，一樣的可以洗衣服煮飯。一個人生在天地間，真像我這樣昏天黑地過下去，無非是人類的寄生蟲。物質上再過得舒服，精神上是痛苦的。我說這話你會不相信，其實全社會上的人，也都不會相信，覺得一個人吃好的，穿好的，用好的，一切都是好的，為什麼精神上還會感到痛苦？可是你應當想想，這一些好的，我是怎樣得來的？為了這一切，我要向那極討厭的人陪著笑臉，要向那極痛恨著的人搖尾乞憐，簡直的說把自己變成一條小貓小狗，去受人家的玩弄。我每每深更半夜，一個人睡在枕上想，想到在人家面前那樣無聊與無恥，我會哭到天亮，把枕頭都哭溼了半邊。可是到了次日早上，我遇到那極討厭著的人，極痛恨著的人，我還是搖尾乞憐。

你覺得一個人陷在這種境遇裡，不是很痛苦的嗎？」她紅著臉一面說話，一面從亞英手上把紙菸盒子拿過去。亞英不想她這樣一個豪華場中的女子，竟有這樣的見解，聽過之後，好像有一股熱氣，觸動了自己的心，而臉色也變動了好幾回。青萍將菸點著，吸了一口菸，將煙噴出來，這菸像一股散絲似的，直噴到亞英面上來。她笑著「唉」了一聲道：「你以為我是一個傻子呢？師友們在當面叫我一聲黃小姐，相當的敷衍，可是背轉身去，就把我罵得不堪了。可是這罵也是應當的。本來我所作的事也該罵。我並不是一個沒有知識的女子，為了一點享受，出賣我的幾分姿色，出賣我的青春，未免太不值得。然而我已經走錯了路，我要突然的走回來，我是喪失了家庭的人，也沒有一個知已朋友，救救我這個迷途的羔羊，我把精神寄託在哪裡？我需要一個能共肝膽的青年來拯救我，讓我把精神有所寄託。然後遺忘了那一切物質享受，挽救出我清潔的靈魂。可是我遇到的人，錢也有錢，勢也有勢，但都要玩弄我而不能拯救我。人海茫茫，我去找誰呢？」

她說完這一篇話，眼圈兒一紅，右手托著臉腮，左手夾了一支紙菸放在嘴角上，只管吸著。亞英聽了這話，眼圈兒雖不曾紅，可是兩行眼淚，卻要由眼眶裡擠出來，口裡恨不得喊出來：「我願拯救你，我願來作你一個共肝膽的青年！」但又覺得和她初次共話，交情淺得很，怎能說出這句話來呢？於是默然的望著，情不自已的再去取了一支菸抽。

倀

亞英的表情，青萍是看得清楚的。她默然的吸完了那一支紙菸，將指頭在菸缸裡捺熄了紙菸頭，嘆了一口氣道：「我這個希望是不容易完成的。有人給予我一種同情，我就十分滿意了，我看你是個奮鬥著的現代青年，對我一定是同情的。」

亞英見她亮晶晶的眼睛，將眼光射在自己身上，料著她是不會怪自己說話冒昧的，因道：「我們是初交，有些話我還不配說。不過我向來是喜歡打抱不平的，假如我對於一件事認為是當作的，我就不問自己力量如何，毅然去作。黃小姐雖然精神受著痛苦，自不是發生帶時間性的什麼問題。你不妨稍等一等，讓我們更熟識了，你有什麼事叫我去作，我要是不盡力……」說到這裡，他端起桌上那杯檸檬茶來，咕都一聲，一飲而盡，然後放下那隻空玻璃杯子，將手蓋在上面，還作勢按了一按，表示出下了決心的樣子。

青萍抿嘴微笑著，向他點了幾點頭道：「好的，你的態度很是正當。把話說到這個程度為止，最是恰當，將來我們再熟一點，我可以把我的計劃告訴你。總算我的眼力不差，沒有看錯了人。也就在這一點上，你可以知道我急於要和你作一個朋友，又送一張相片給你，那並不是不可理解的冒失舉動，你在重慶還有幾天耽擱嗎？」亞英道：「還很有幾天，假使你有事需要我代辦，我多住幾天，那也無所謂。我現在是個自由小商人，沒有什麼時間空間限制我。」她搖搖頭微笑道：「郝也不盡然吧。像你這樣說法，可以為我多勾留些時，不是受了我的限制了嗎？」亞英道：「這是我自願的，你並沒有限制我。」她笑著想說什麼，可是她看了他一眼，又把話忍回去了。手上端著玻璃杯子要喝一杯茶，看到杯子是空的，又放下了。亞英道：「你還要喝點什麼？」她看了看手錶，搖著頭道：「不必了，今天我們談得很痛快，我本當約你去吃一頓小館子，只是我還有一點要緊的事。你那旅館我知道，明天我若有時間，寫張字條來約你吧。」亞英道：「什麼時候呢？我在旅館裡等著你。」青萍笑道：「不用等。我若約你，一定會提前幾小時通知你的。」她說著，就站起身來取掛鉤上的大衣。

亞英以為她把話說得這樣熱烈，總要暢談一陣，不想她就在這個熱鬧的節骨眼上要走，只好掏出錢來會了東。她穿起了大衣，一路走出咖啡館來，伸手和他握了，低聲笑道：「你不應當把我當一個平常的女朋友看，覺得花錢是男朋友義不容辭的事。老實告訴你，我比你有錢得多，我要敲竹槓也不敲你的。」說完，她搖撼了兩下手，才轉身去了。可是只走了兩步，她又立刻回轉身來，向他對立著站了問道：「今天你見不見到林太太？」亞英道：「我想請他夫婦吃頓川菜，可是……」她並不要知道二小姐吃不吃川菜，立刻攔著笑道：「我並不問他們的行動，你看到她，你不要說和我見過面，懂嗎？」說完她飄了一眼微笑著。亞英笑著點頭說「知道了」。然後她笑著去了。

亞英站在馬路邊，看了她走去，卻呆呆的出了一會神。覺得她剛才在咖啡館座上說的話，實在夠人興奮的。看那樣子，她分明是對自己表示有很大的希望，可是突然的把話止住，好像大人故意給小孩子一塊糖吃，等著他把糖放在舌頭上，卻又把糖奪回去了。她是和自己開玩笑嗎？不是不是！她臨別，不是還給了一個很有意的暗示嗎？正如此想著，兩部人力車子在面前經過，有人連叫著亞英。抬頭看時，正是林宏業夫妻坐了車子經過。二小姐叫車停了對亞英道：「你站在這裡等人嗎？老遠就看到你了。」亞英道：「誰也不等，我沒事閒著在街上逛逛。」二小姐笑道：「不能吧！

你忘了你是站在咖啡館的門口嗎？」林宏業笑道：「我們管他等誰呢！我們現在去吃飯，你可能來的話，請到珠江酒家。我們可以等你半小時。」亞英道：「等什麼？我這就和你們同去。」二小姐道：「我們在街那邊，看到青萍過去的。你的成績，總算不錯。」亞英這就沒說什麼，跟著他們到珠江酒家。

一進門，茶房就把他們引到樓上的單間雅座，茶房送來三隻細瓷蓋碗茶，又是一聽三五牌紙菸。亞英原坐在沙發上，「呀」了一聲，挺起身來。二小姐笑道：「你是看到三五牌的香菸，有些驚訝吧。」說著她就在聽子裡面取出一支，送到他手上，笑道：「你過過癮吧，這是不用花錢買的。」亞英擦著火柴，點了菸吸著，笑道：「你瞧，你這一份排場！」這句讚歎還不曾說完，一個穿青呢學生服的人走進來。他是介乎茶房經理之間的店員，也是大館子裡的排場，他手上拿了一張橫開的紙單子，彎著腰送到林宏業面前。林宏業接過單子去看了，笑著向那人操著廣州話說道：「我們只有三個人，哪裡吃得了這些個菜？魚是可以要的，蟲草燉雞可以，墨魚……」亞英也懂得一點廣東話，便搖手道：「你們在香港的那種吃法，在重慶實在不能實行，我們既是吃便飯，炒兩個菜，來一碗原盅湯就很好。」林宏業道：「說不定還有一個客人來，我不浪費，可也不能太省。」於是點了六七樣菜，吩咐那店員去作。不一會，菜端來了，第二道就是一盤魚，長可一尺。

亞英道：「二姐應該知道，在重慶吃這樣一條大魚，比在廣州吃一隻烤豬還要貴。」二小姐道：「這個我明白，這是我想吃魚，不關宏業的浪費。說也奇怪，無論在香港，在上海，什麼魚都可以吃得到，可是什麼魚也不想吃，一到了四川，魚就越吃越有味，越吃越想吃，這與其說是嗜好，不如說是心理作用了。」亞英道：「與其說是心理作用，又莫如說是法幣多得作崇了。」

二小姐聽了這話，眉毛揚著，臉上頗有得色，偏轉頭來向雅座外看了一看，然後低聲笑道：「我告訴你一點訊息，你不必和伯父說。我今天高興有兩層原因，第一點，是宏業帶來的一批電氣材料，原來只想賣八十萬，今天溫五爺特地打我一個招呼，乾脆出一百萬。我們這已覺得白撈二十萬元了。可是作生意人的訊息，真也靈通，就在過去半小時，就有兩位五金行的老闆找到招待所，把我們貨單子一看，關於電氣材料，問要多少錢？宏業究竟是個書生，他笑說，人家出一百萬，我還沒有賣呢。這兩位老闆就自動的加了十萬，而且隨身帶了支票簿子，就要簽寫三十萬元定金，一轉眼又加了十萬。」亞英道：「我要說一句了，你們也不可以太看重了錢。二姐住在溫公館，姐夫又受著人家這樣的招待，怎好把貨讓給別人？」二小姐笑道：「這個我當然知道，那支票我並沒有收下，不過這話是要對五爺說的。因為數目字大了，就是送禮也要送在明處。」亞英將筷子挑起大塊的魚肉，放到自已面前醬油碟子裡，笑道：「這樣說來，我們還是大吃特吃吧。一日之間，你的一部分貨物，就看漲幾十萬，把全部貨物算起來，你可以照美國資本主義的煤油大王鋼鐵大王的演算法，應該是一秒鐘賺多少錢了。」二小姐倒不反對這話，笑道：「只可惜人家是天天如此，而我們是平生只有這樣一次。」亞英道：「平生大概不止，也許是一年一次吧？然而一年有一次，也就很夠了。」

大家正說得高興，茶房拿進一張名片來，鞠躬遞了過來。林宏業接著看了一看，笑道：「來了，來了。」說時向太太一笑，又向茶房道：「你請高先生進來吧，你說我這裡沒有外人。」茶房走了，亞英接過名片來看，上面是「高漢材」三個字。右上邊倒掛了一行頭銜乃是某省第五區專員。但這一行小字，已將鉛筆塗了兩條線，表示取消的意思。他倒想不到林宏業初到重慶卻會和這類人往來。正揣想著，進來一個中年人，身穿青呢大衣，取下頭上的帽子卻露出了是個光頭，倒還儲存了幾分內地公務員的模樣。宏業向前和他握著手，又替他介紹著亞英，立刻添了一副筷碟，請他上坐。高漢材脫了那件呢大衣，裡面穿著是一套橙黃的中山服，左邊小口袋沿上插著自來水筆，右邊小口袋沿上，露著一小截名片頭子，下面兩個大口袋，鼓鼓的突起。他謙遜著兩句話，在上面坐了，笑道：「飯我是已經吃過了，我坐下來陪您談幾句話吧。」亞英看他四十上下，嘴唇上微露鬍椿子，長方的臉，卻是尖下巴上，頂出鷹鉤鼻子，兩隻眼睛光燦燦地。在這裡透著他二分精明，又三分刁滑。心想，宏業和這種人有什麼事可商量的？高漢材似乎看到亞英有些注意他，便笑問道：「區先生在哪裡服務？」亞英笑道：「初學作生意，跑跑小碼頭，作個小販子。」高漢材笑道：「客氣客氣。現在這種生活程度，逼得人不能不向商業上走。以兄弟而論，對於此道可說一竅不通，現在朋友都把我向這條路上引，我也只好試試了。」亞英這才明白，他也是一個新下水作生意的。宏業代他介紹著道：「高先生作過多年的公務員，最近才把一個專員職務辭掉了，回到大後方來。他們現在有一個偉大的組織，要辦兩家銀行，五家公司，高先生就是這事業裡面的主持人。」亞英點著頭道當：「將來必有偉大的貢獻。」高漢材笑道：「兄弟也不過在這個組織裡面跑跑腿而已。你想，我們一個當公務員出身的人，還拿得出多少錢來作資本嗎？」說著哈哈一笑。

高漢材就很自在的樣子，扶起了筷子隨便夾了一些菜，放在面前小碟子裡，然後將筷子頭隨便夾些菜送到嘴裡咀嚼著。約莫有兩三分鐘之久，這才偏轉頭來向林宏業道：「林先生對我所擬的那個單子，意思如何？」宏業道：「我已經和高先生說過了，這三輛車子，只有兩噸半貨是我的，其餘卻是別人的。那一批電氣材料，我不能作主。」這時茶房送了一蓋碗茶，放到高漢材面前，他拿起茶碗來吸了一口茶，然後放下來，還用手按了兩按，笑道：「我們把這些東西買下來，絕不是囤積居奇，是要分配到各個應用的地方去。與其出讓到那些囤積商人手上去，就不如分讓給我們。」林宏業笑道：「我是真話，絕非推諉之辭。兄弟在重慶，不打算多耽擱，在一個星期上下就想再到廣州灣去跑一趟。請問，在這種情形下，我的貨還有個不急於脫手的嗎？」高漢材又端起茶碗來呷了一口茶，笑道：「我還有一點外匯存在仰光和加爾各答，這對予出去的人，可是一種便利。」林宏業笑道：「我們倒不一定要外匯。我們在重慶要辦一點實業，這就感到現在有點周轉不靈。」

那位高先生聽到這個要求，面有得色，臉腮上泛起了兩團淺薄的紅暈，眉毛向上揚著，兩手扶了桌沿，挺起胸來，笑道：「那更好辦了。無論林先生要多、少頭寸，絕不虞缺乏。」亞英想著，這傢伙說話有點得意忘形，無論要多少頭寸也有，若是要一千億也有嗎？他如此想時，臉上自必然發現一點表情，而眼光也不免向高漢材射了兩陣。林宏業已知他的意思，便故意在談話中來和他解釋，因向高先生笑道：「高先生這個偉大的組織裡，資本雄厚，那我是知道的。無論在政治和經濟上，都有充分的力量。」高漢材對於「政治」這兩個字，似乎感到有點刺耳，臉上的表情，隨著他的眉眼，齊齊的閃動了一下，搖著頭笑道：「我們既作生意，那就完全放棄政治，政治上的力量，那可是……」說道，他又端起茶碗來喝了一口，放下來將手按了一按，笑道：「當然要說一點聯繫沒有，那也太矯情。但我們絕對是規規矩矩的作生意。」

二小姐聽了，臉上泛出了一陣微笑。林先生卻怕他們笑得高先生受窘，便插嘴道：「兄弟並非要現款在內地收貨，我們雖一般的是商人，究竟是讀過幾年書，多少解得一點愛國。我們既把貨好容易的帶進來了，不應當把貨變了錢，又弄出去。」高漢材透著他對資金內移有相當的辦法，便將手指輕輕的敲著桌沿道：「那必是在內地辦工廠了。是紡織廠，還是酒精廠呢？現在許多回國的華僑，利用內江製糖的原料，創辦了很多酒精廠。」宏業笑道：「靠我們這點些微的資本，哪裡就能說到辦工廠。我現在的意思，只想找一個相當的位置，找好一塊地皮，有了這點根基，再去找朋友合夥，作點事業，多少有些根據。」高漢材昂頭想了一想，笑問道。「林先生總有點準備，打算經營哪項工業呢？」林宏業答道：「我對此道，完全外行，還得請教專家呢。倒是對於辦農場，感到興趣，因為那有點接近自然。談到這件事，我聽說有一件奇怪的新聞。據說郊外有所農場，出產倒不上十萬元，可是他們的地皮，一年之間倒獲利二三百萬元。」高漢材搖搖頭笑道：「這還不算新聞。一個大規模的農場，一年可以獲利千萬以上。這千萬元，正也無須從地裡長出什麼來，把地皮放在那裡就行了。」二小姐笑道：「高先生真是練達人情。」高漢材將兩手掌互相搓著，表示他的躊躇滿志，笑道：「我們終日在這經濟圈子裡走動，當然也聽得不少。我有一個朋友，他就為了一個農場，頗占了不少便宜。」亞英道：「這橫財只好由四川朋友去發了。」他倒沒有加以考慮，笑答道：「不，下江人也一樣可以發這筆財。有個朋友是我的同鄉，他就是走這條路的。」

他說到這裡，忽然醒悟過來了，改口笑道。「問題不要談得太遠了，我們還是說我們自己的生意經吧。」說著，他在身上小口袋裡，掏出了一個小日記本子，先翻了一翻，然後在本子裡摸出一張紙條，起身走到林宏業座位邊，將紙塞到他手上，於是彎下腰去，將右手掩了半邊嘴，對了他的耳朵，嘰咕了幾句。亞英本來是不必注意林先生的生意經的，及至高先生有了這分神祕的舉動，頗引動他好奇心，便不免偷看了幾眼。見宏業耳朵聽著話，臉上不住的泛出了微笑，手裡托了那張紙條，將眼睛望著鼻子，哼哼的答應，只是點頭。

高先生說完了，走回原來的座位，又向主人深深的點了一下頭，笑道：「這個辦法，我想林先生當可予以同意。」說著，又把茶碗拿起來喝了一口茶，眼光在茶碗蓋上，向對方飄了一眼。林宏業兩手把那張字條折了幾折，塞到口袋裡去，還用手按了一按，似乎對這個單子很慎重儲存似的，高漢材看到了，便站起來道：「三位請用飯，我要先走一步了。」二小姐笑道：「我們知道高先生一定會來的，還預先叫了兩樣比較可口的菜，怎麼高先生筷子也不動就走了！」高漢材已把衣架鉤上那件大衣拿起來穿上，向主人握著手，笑道：「我心領了，我還有個地方要去。」說著分別的向大家點頭，匆匆的就走，好像有什麼要緊的事似的。林宏業跟著後面，也送了出去。」亞英料著他們是有話要談，也就坐下來吃飯。

二小姐低聲笑道：「你看這位高先生為人如何！」亞英道：「小政客氣息很重，市儈氣息也不少。」二小姐笑道：你是以為他行動有些鬼鬼祟祟。你不要把他看小了，他是一個極有辦法的人。你看他拿出那張名片上的頭銜，不過是一位專員，而他實際上的身分，卻不止比專員超過若干倍。打亞英道：「我倒看不出，他有什麼了不得。」二小姐道：「他若讓人家看出來把他看作了不得，便又失去他的作用了。重慶有一批大老官，有的是遊資，為了政治身分，卻不能親自出來經商，不經商法幣貶值，他的遊資怎麼辦呢？於是就各各找了自己最親信的人，拋去一切官銜，和他們經營商業。他們有錢，又有政治背景幫助商業上的便利，業務自然容易進行。這類親信之輩，也就樂於接受。大老官交出的資本幾千萬是平常的事，房屋車輛，也一切會以政治力量替你解決。有錢有工具，公司或銀號，自然都很容易組織起來。組織之後，有這些資本在手上，可以作總經理，經理，也可以作常務董事，或董事長，大老官並不干涉的。而且彼此都有默契，將來抗戰結束了，依然可以給他找官作。一個人自得了地位，又有錢花，對於暗底下投資的這位東家，豈可沒有什麼報答？而且不報答也不行，人家暗底下拿出大批資本來，勢必定個條件來拘束著這人的行動，這人也必然無孔不入的替東家囤積居奇，買空賣空。一句話，就像那為虎作倀的那個『倀』字一樣，必然引著……」

說到這裡，林宏業搖著頭笑嘻嘻的進來了，坐下來問道。「咦！在外面聽到你們說得很熱鬧，怎麼我進來就突然把話停止了？」二小姐道：「亞英問我這位高先生是什麼身分，我詳細的解釋給他聽了。」亞英已吃完了飯，坐到一邊椅子上，兩手提了西服褲腳管，人向後靠著椅子背，很舒適的樣子，隨手在茶几上紙菸聽子裡，取出一支三五牌紙菸，銜在口裡，摸起火柴盒擦了火柴將菸點著。吸了噴出一口長菸，火柴盒向茶几上一扔，拍的一聲響。二小姐將筷子點了他道：「看你這一份排場！」亞英笑道：「這種年月不舒服舒服，太老實了。你看那個作行政專員的人，也不免在商業上為虎作倀，作老百姓的人太苦了，是省出脂膏來，給這些人加油。」林宏業笑道：「你這話罵得太刻毒些，他究竟是我的一個朋友呢。而且我還有一件事託重你去和他接洽。」說著很快的吃完了飯，和亞英坐到一處來。亞英笑道：「你說什麼事吧。只要我辦得到的，我就和你跑一回腿。林宏業也取了一支菸吸著，伸直了腿，靠了椅子背，噴出一口菸來。然後兩手指取了菸卷，用中指向茶几上的菸缸子裡彈著灰，他很躊躇了一會子，笑道：「真是奇怪，作官的羨慕商家，經商的人又羨慕作官。」亞英望了坐在對面的二小姐道：你看這是什麼意思？有點幾所答非所問吧？林宏業又吸了兩口菸，然後低聲笑道：「我有點私事要請高先生轉請他的後台，給我寫一封八行。昨天曾和他露過一點口氣，你猜怎麼著，他給我推個一乾二淨。他說我所求的人他不認識，這樣我自不便向他說什麼了。剛才他看我不願和他作成交易，當我送他到外面的時候，他又問我，我要求取一封怎樣的八行？我說，那事極小，有個朋友的老太爺要作八十歲，想得到一塊某公寫的匾額。這朋友在香港，因我來重慶之便，託我代為設法。因為時間太急促了，本月內就要到手，我沒有這種能力，想高先生可以。他不料是這樣一件事，一口答應好辦。他又說了實話，若是生意路上的人請求，他也不便開口，有些人是不願意接近商家的。我就說敝親區老先生是個老教育家，他出面如何？他就說那很好。為了讓前途完全相信，他說讓伯父親自登門求見一趟。我想這是不可能的事，就推薦你去。他考慮一下，也就答應了。請你明天上午，到他公司裡去見他一趟，由他引你去。」亞英道：「我替你跑一趟，這無所謂。可是你為什麼把這件事看得這樣重大？」林宏業笑道：「你是沒有和買辦階級來往過。你不知道買辦階級心理。我和你二姐在上海拜訪過一家小買辦公館，他客廳裡有兩樣寶物。一件是一本冊頁，那上面不是畫，也不是題字，是把政界上略微有名之人的應酬信，裱糊在裡面。另一件是個鏡框子，掛在壁上。你們做夢也想不到是什麼東西，原來是一張顧問聘書。」

亞英聽了，不覺昂頭哈哈大笑。

次日早上，亞英吃過了早點，就到公司裡來拜訪高漢材。這家公司占著一所精美的洋式樓房，樓房下面有個小小花圃，有條水泥面的車道，通到走廊旁邊。那花圃裡花開得深紅淺紫，在小冬青樹的綠籬笆裡，鮮豔欲滴。然而在這小花圈兩邊，左面是幾堵殘牆，支著板壁小店，右面一塊廢基，堆了許多爛磚。再回看到這精美樓房的後面去，一帶土坡，殘磚斷瓦層層的雜湊著，其間有許多鴿子籠式的房子，七歪八倒，將黃色木板中的裂縫，不沾石灰黃泥的竹片，全露出來。而且還配上兩個土坑，這把空襲後的慘狀，還留了不少痕跡。而這公司樓房的完美狀態，就表現了這是災後的建築，也可以想到這片花圃，是由不少災民之家變成的。災民的血，由地裡伸到花枝上，變了無數的花，泛出嬌豔而媚人的紅色，對著這大公司的樓房，向總經理與董事長送著悅人的諂笑。

亞英站在樓房遠處，出了一會神，直待一輛油亮的流線型小坐車由花圃出來，挨身開著走了，他才省悟出他是來幹什麼的。於是走到走廊下甬道口上，向裡面探望了一下。這裡果然有一間很有排場的傳達室，油光的地板屋子，寫字桌前坐著一個五十上下年紀的人，穿了青呢製服，坐在那裡吸菸。亞英進去，向他點了個頭，遞給他一張名片，而且先宣告一句，是高先生約來的。那人看了客人一眼，雖然在他這一身漂亮西服上，可以判斷他不是窮人，可是向來沒見過，而且憑名片上這個「區」字，就知道本公司沒有這樣一個人來往過。名片上又沒有職業身分注出，也很難斷定他是哪一路角色。他起身接過了名片，向亞英臉上望了望道：「你先生是哪裡來的？」亞英對於他這一味的盤問，自是不高興，可是想到宏業那樣重託著，不能把這事弄糟了，便含笑答道：「我們是教育界的人，但不是來募捐，也不是借款，是高先生約了來談話的，請你到裡面去看看高先生來了沒有。若是沒有來的話，把我這張名片留下就是了。」他如此一說，那人覺得沒有什麼為難之處，便點著頭說，「我進去給你看看。」說著，他由甬道的扶梯上樓去了。約莫有五分鐘，他下了樓來點著頭道：「高經理說請區先生樓上坐吧。」亞英隨著他上樓，卻被直接引到經理室來。

那高漢材先生在一張加大的辦公室前，坐著一把有橡皮靠子的轉椅。寬大的屋子，有六把沙發，靠了三面擺著。頗想到坐在經理位子上，對四周來人談話的方便。他左手拿了一疊漂亮紙張上寫的表格在看著，右手握著了電話桌機的耳機說話，看到客人進來，來不及說話，只微笑著點了點頭，又把那拿住表格的手，向旁邊沙發上指了兩指，意思是請他坐下。高先生打完了電話，將表格摺疊了塞在衣服袋裡，然後走過來笑道：「對不住，兄弟就是亂七八糟的事情太多。」說著，並排隔了茶几坐下，就在這個時候接連的進來三個人，一個送茶菸的茶房，一個又是送一疊表格進來的職員，他讓放在桌上，一個是回話的，他吩咐等下再談。亞英不便開口就談來意，說了一句「高先生公務忙」，他笑著說了一聲「無所謂」。茶房又進來了，說是會計室的電話機來了電話。他道：「為什麼不打經理室裡這個電話呢？」於是又向亞英說了一句「對不住，請坐坐」，就走出屋子去了。

約莫有十來分鐘，他才匆匆的走回來，又向客人說了一遍對不起。亞英看這番情形，已用不著再客氣了，便把來意告訴了他。高先生坐下來，很客氣的點了個頭，又把茶几上的茶杯向後移了一移，然後將身子靠了茶几，向他低聲笑道：「令親託我的事，本來是個難題目。他託我所求的這位楊先生，我們根本沒有什麼交情。只是我和令親一見如故，在他看來，這僅僅一紙人情的事，我若是也不肯作的話，那實在不重交情。請你稍等幾分鐘，讓我去通個電話。」亞英說聲請便，他又出門去了。

放著這經理室現成的桌機，他不去打電話，卻要到外面去打電話，顯然他是有意避開自己，這也不去管他，一會子，他帶了滿面的笑容走將進來，點著頭道：「機會很好，楊先生正在家，我們這就去吧。到楊先生公館是很遠的，楊先生答應派小車子來接我們，再等一會吧。」亞英笑道：「這面子大了，不是高先生如何辦得到。」他笑道：「本來呢，他也是我的老上司。」他猛可的說出了這句話，想到以先說了和楊先生不大熟，有點兒前後矛盾，便又笑道：「原來我們是很熟的，自從我混到商業上來了，和他老先生的脾氣不大相投，我們就生疏得多了。」他說著話，自己走回經理的座位上，兩隻手掌互相搓了幾下，笑道：「我還有點檔案要看看，請坐請坐。」他把話鋒扯開了，就真個把桌上積放的檔案清理著，看了幾分鐘。

茶房便進來報告，說車子在外面等著。高漢材在抽屜內取出了皮包，將許多份表格信件，匆忙地塞進了皮包，然後左手夾了皮包，右手在衣架上取下帽子，向亞英點著頭道：「我們這就走吧。」亞英說了聲「有勞」，便同著他一路走出公司來。那花圃的車道上，果然有一輛小汽車在那裡停著，車頭對著門口。司機坐在那裡吸紙菸。看這情形，這車子不會是剛到的。商人坐上小車子，約莫走二十多分鐘，才到了那半城半鄉所在的楊公館。高漢材先下了車，引著亞英向大門裡面走。亞英想著，是應該到傳達室去先遞上一張名片的，然而高先生卻直接的帶了他走將進去，並不向傳達打個招呼，就把亞英引到一間精緻的客廳裡來了。一個聽差迎著他點頭道：「高先生，今天早！」他笑道：「今天引著一位客人來了，特意早一點，請你進去回一聲。」亞英看這情形，立刻就在身上掏出了一張名片，交給聽差。聽差去了回來，卻請高漢材先生前去。高先生夾了那個皮包就立刻向裡面走去。

這位楊先生只五十來歲，厚德載福的長圓臉，一點皺紋也沒有，嘴上蓄了撮小鬍子，兩隻溜圓的眼珠向外微凸，亮晶晶地，現出他一份精明。他身穿古銅色呢袍子，手握了菸斗，架著腿坐在沙發上。這是離客廳只有兩間屋子的精緻小書房，屋子裡有張烏木辦公室，圍繞了四五隻烏木書架，但架上的書擺得整整齊齊，好像未曾動過。楊先生只是每日上午，偶然在這裡看看報，但報也不見得都看。這時楊先生看見高漢材進來，只笑著點了一點下巴，不但沒有起身，連手握的菸斗塞在嘴角裡，也不曾抽出。高先生先將皮包放在辦公室上，然後抽出兩疊檔案表格，雙手捧著送到楊先生面前來，他隨手接了，放在手邊的茶几上。左手仍握了菸斗，右手卻一件件的拿起來先看一下。他看到一份五十磅白紙填的精細表格，感到了興趣，口銜菸斗，兩手捧著，仔細的看了一看。這還覺得不夠，又在袋裡取出眼鏡盒子來，架上老花眼鏡，很沉著的樣子向下看著。

高先生見他是這樣的注意，便站在身邊微笑道：「這表上的數目字，都經幾位專家仔細審核過的，大概不會有什麼浪費的。」楊先生鼻子裡唔了一聲，右手握了菸斗，指著表上一行數目字道：「共是五百六十八萬餘元，這是照現在物價情形猜想的呢？還是照半年後物價猜想的呢？」高漢材道：「當然是照現在物價猜想的。因為採辦磚瓦木料以及地價，我們都是現在付出現款去，躉買回來用。那批五金玻璃材料，找得著一個機會，上兩個星期買的，無非是怕遲了會漲價而已。真沒想到漲得這樣快，這一個星期竟漲了三分之一。由此看來，我們這工廠有趕快建築起來的必要。假如半年內能成功的話，不用開工，那價值就不難超過兩千萬。」這話楊先生聽得入耳，手摸了嘴唇上的一撮小鬍子，微微的笑著，點點頭道：「好，你就這樣子去辦吧。你到昆明去，什麼時候動身？」高漢材道。「把這建築合約訂了，我就走。好在我們有人在那裡，隨時有訊息來，貨價漲落，我們知道得不會比別人慢。」楊先生皺了眉道：「我覺得在昆明的張君，手段不夠開展。一天多打幾個急電，能花多少錢？有些事在航空信裡商量，實在誤事。凡是惜小費的人，不能作大事，你最好趕快去。那邊頭寸夠不夠？」高漢材道：「張君手邊大概有二百萬，打算今天再匯一百萬去。」楊先生道：「哦！我想起了一件事，那一票美金公債，不是說今日發出來嗎？我們可以盡量的收下來。」高先生笑道：「先生哪裡知道，這竟是一個玩笑！他們還沒有領下來之先，幾個主腦人物，就私下開了一個會，覺得這分明是賺錢的東西，與其拿出去讓別人發財，不如全數包辦下來，一點也不拿出去。有的說，總要拿出一點來遮掩遮掩。有的說，何必嚁？肥水不落外人田，把分配給別人的，分配給小同事們吧。因之這東西，前天到他們手上就分了個乾乾淨淨。其實就是到他們手上的，也不十分多，在發源的源頭上，已很少泉水流出來。所以他們昨天還說是今天分配，那簡直是騙人的話了。」楊先生臉紅了，左手握了菸斗，舉右手拍一拍大腿道：「真是豈有此理！」高漢材笑道：「天下事就是這樣，先生也不必生氣。」楊先生口銜了菸斗，又把其餘的檔案都看了一看，約莫沉吟了五六分鐘。高漢材料著這又是他在計算什麼，也就靜悄悄的站在一邊。

楊先生放下了檔案，手握著菸斗，吸過了一日菸，因道：「我們那兩筆新收下的款子，詳細數目是多少？」高漢材道：「共是三百六十二萬，現時存在銀行裡，這兩天物價沒有什麼波動，還沒有想得好法子怎樣來利用。有位姓林的從香港帶來了一批貨，正和他接洽中。」楊先生又吸了一日菸，微皺了眉道：「你可別把這些錢凍結了。」高漢材笑道。「若是那樣辦事，如何對得住先生這番付託呢？大概一兩天內，就可以把這批貨完全倒過來。這兩天幾乎一天找姓林的兩三趟。不過這傢伙也很機警，既不可以把他這批貨放走了，又不可以催得他厲害，別讓他奇貨可居。」楊先生吸著一下菸斗，點了點頭。高漢材道：「還有一件事剛才和先生通電話說的……」楊先生呵呵一笑，站起來道：「你看，我們只管談生意經，你帶著一個人，我都忘了，我出去看看他吧。」說著，起身把檔案放在書桌抽屜裡，就向外走。他走出了房門，忽然又轉身走回來，望了高漢材問道：「這人絕不是在生意經上認識的嗎？」高漢材笑道：「若是生意經上的人，我怎能引來見您？」他這才含笑向客廳裡走來。

高漢材本是隨在他身後走著的，到了客廳裡卻斜著向前搶走了兩步，走到區亞英面前，笑著點頭道：「這是楊先生。」亞英一看這位主人，面團團，嘴上蓄著小鬍子，身上穿的古銅色呢袍子沒有一點皺紋，自現出了他的心曠體胖。早是站起來向前一步，微微一鞠躬。

楊先生見他穿著稱合身材的西服，白面書生的樣子，自是一個莘莘學子，就伸出手來和他握了一握，讓他在椅子上坐下。亞英看他究是一位老前輩，斜了身子向著主人，很鄭重的說道：「家父本當親自來拜謁的，也是老人家上了一點年紀，每到冬季總是身體不大好，特意命晚生前來恭謁，並表示歉意。」楊先生道：「這兩年教育界的老先生是辛苦了，也就為了如此，特別令人可敬。」高漢材老遠的坐在入門附近一張沙發上，就插嘴道：「楊先生向來關切教育界的情形，對於教育界諸先生清苦，他老人家十分清楚的。」亞英便微起了身子，連說了兩聲「是」。

楊先生又吸了兩口菸，點頭說道：「這也是我們極力注意的。每個月關於教育事業的捐款，我已是窮於應付了。」說時眉毛微皺了一皺。亞英心想糟了，他竟疑心我是來募捐的，這話得加以說明，否則誤會下去，會把所要求的事弄毀了。然而高漢材恰是比他更會揣摸，就正了顏色，柔和著聲音道。「這位區先生的來意，就是漢材昨天向先生所說的。」主人點著頭道：「好！好！可以，我一定照辦，這一類慶祝的事，當然樂於成人之美。今天我一定著人把信寫好，就交給高先生。區先生可以在高先生手上拿。」亞英又起身道謝。主人又吸了兩下菸斗，很隨意的向客人問了幾項教育情形。亞英本不在教育界，作了小半年生意，對在教育界的人也少接觸，根本也不懂，也只好隨答了幾句。看看主人的意思，已有點倦意，便站起來告辭。主人也只站起來向屋子中間走兩步，作出一種送客的姿勢。倒是高先生殷勤，直把客人送到大門外去。

無題

區亞英去後，高先生又和主人漫談了一番，頗受主人誇獎，實在感到興奮。他回到了公司裡，嘴角上兀自掛著微笑。心裡就不斷的想著，楊先生這樣的另眼相看，自是看到自己努力的結果，若再進一步的替他找些財喜，他必然相信到每兩日查帳一次的手續，可以改為每個星期一次。這樣對於錢在自己手上活動的機會，那就便利多了。有了這個盤算，自己第一步計劃，便決定把林宏業那筆香港貨盤弄到手，於是立刻寫了一封信派專人送到招待所，約著宏業夫婦，六點鐘在最大的一家川菜館子晚餐。

這封信送到招待所，正好二小姐也在那裡。宏業將信交給她看，笑道：「這位高先生蓄意要買去我們這批貨，天天來包圍，我想分賣一點給他也罷。而況他出的價錢也不算少，這頓晚飯擾不擾他呢？」二小姐道：「黃青萍今天晚上請客也是六點鐘。我和她天天見面的人，若是不去，她會見怪的。」宏業笑道：「她請了亞英嗎？」二小姐道：「他是主客。」宏業道：「那她就不該請你我，專請亞英一個人，豈不方便得多？」二小姐道。「這就是她手段厲害之處。她要和亞英談戀愛，知道隱瞞不了我們，就索性不瞞。」林宏業道：「既然如此，我回高漢材的信，改為七點鐘，我們可以先赴青萍的約會，坐一會，我們也可以先走。」說著，就回了一封信，差人送去了。

信送出不到十分鐘，亞英來了。一進門就引起人的注意，新換了一件青色海勃絨的大衣，頭上那頂盆式呢帽，刷得一點灰跡沒有，微歪的戴著。大衣的帶子緊束在腰間，他左手插在衣袋裡，右手拿了一根紫漆的手杖，大步走將進來。林宏業本是坐著的，立刻站了起來，偏著頭對他周身上下打量了一番，笑著點頭道：「這個姿勢，很好，百分之百的美國電影明星派。」亞英笑道：「這也犯不上大驚小怪。在拍賣行裡買了這樣八成新的大衣，就算逾格了嗎？」宏業笑道。「我也不開估衣鋪，並不問你這衣服新舊的程度，我只說你這個姿勢不錯。」說著，還牽了一牽他的衣襟。二小姐指著亞英笑道：「也難怪宏業說你，好好的常禮帽，為什麼要歪戴在頭上？」

亞英取下帽子，放下手杖，坐在旁邊沙發上，且不答覆他們這問題，卻問道：「你們收到一份請客帖子嗎？」宏業道：「你說的是你的好朋友嗎？比請客帖還要恭敬十倍，她是親自來請的。但不巧得很，高漢材也請的是六點鐘，你知道他是和我們講生意經，我們到重慶幹什麼來了，這個約會不能不去。」亞英搖搖頭道：「你們誤會了，以為你們不去是給予我一種方便呢。我看黃小姐那樣子，彷彿是有所求於二位。」二小姐坐在對面，望了他道：「這樣子，你們今天已會過面了。統共這一上午，你隨高漢材到楊公館去了一趟，又上了一趟拍賣行，再和黃小姐會面，你不是忙得很嗎？」亞英笑道：「我是偶然碰到她。」二小姐道：「你是先到拍賣行，還是先碰到她？」

亞英舉起兩手來伸了一個懶腰，坐正了又牽了一牽衣襟，挺著胸道：「乾脆告訴你，這是她和我一路到拍賣行去買的，而且是她送給我的。我原來覺得受她這樣的重禮，實在不敢當。我就說現在天氣漸漸暖和了，用不著這個。她就說下半年這衣服一定要漲價的。她又悄悄的對我說：昨晚上在溫公館賭小錢，贏了一二十萬，若是今天晚上再賭的話，這錢也許要送還人家。這就樂得吃一點，穿一點。你看在拍賣行裡，一個小姐買衣服送男人，已經是令人注意的事，若是一個只管要送，一個偏偏不受，那豈不是叫人看戲，所以我只好勉強收下了。反正我另想辦法謝她就是了。」

宏業坐在椅子上，右腿架在左腿上，將身子連連搖撼了一陣，笑道：「那麼，我願意研究一下，你用什麼謝她？最好的辦法，莫過於和她結婚吧？」二小姐鼻子一聳，笑道：「哼！那不是謝她，那是她謝區二爺了。」宏業道：「可是黃小姐比亞英有錢，也更有辦法，亞英有什麼法子謝她呢？」亞英笑道：「交朋友若必須先講到怎樣報酬，那就太難了。老實說，二姐雖和她相處得很久，並不曾了解她。」二小姐笑道：「你看你自負還了得，你是自以為很了解她了，你向後看吧！」宏業笑道：「我就常這樣想，英雄難逃美人關，無論什麼有辦法的人，必受制於女人。老二赤手空拳由家庭裡跑出來奮鬥，這一番精神，頗值得佩服。這次重回到重慶來，應該百尺竿頭更進一步，就是我們也多少願意出點力，在旁邊幫助他一把。然而他一到了城裡，就作上了粉紅色的夢。我看他這幾天全副精神，都寄託在黃小姐身上，什麼都沒有去辦，這不大好。老弟台，你得把頭腦清醒清醒才好。」說著在紙菸筒子裡取了一支紙菸，又拿了一盒火柴，彎著腰送到亞英手上，笑道：「別抬槓，吸支紙菸。到晚上六點鐘的約會還早，你趁此去找一找董事長之流好不好？」亞英擦著火柴吸了菸，問道：「哪個董事長？」宏業笑著，又斟了一杯茶送到他手邊茶几上，笑道：「你不是有一家公司的老闆，要你到外縣去開設分公司嗎？別忙，定一定神，你看應當是怎樣辦。」亞英看他這樣要開玩笑不開玩笑的樣子，倒弄得自己不好怎樣對付，只有默然的微笑著。二小姐點頭笑道：「真的你應當去辦一辦正事。住在城裡每天花費幾個錢，倒是小事，所怕的是意志消沉下去。」亞英兩手指夾著紙菸，放在嘴裡很深的吸了一口，然後微笑道。「說到意志消沉的話，我們既然作了打算發國難財的商人，根本就是醉生夢死那一塊料。」二小姐正色道：「老二，你不要說氣話，我們對於你交女朋友，並不故意攔阻，就說發國難財吧，也怕你為了交女朋友耽誤發國難財。」

亞英見她臉上微紅著，一點笑容也沒有，便放下紙菸，突然站起來拍了兩拍身上的菸灰，笑道：「你這話我誠懇的接受，我馬上就去找朋友。」於是把掛在衣架上的帽子取來不敢歪戴著了，正正端端地放在頭上，將靠著桌子的手杖取過，掛在手臂上，向宏業笑道：「這不像美國電影明星了吧？」宏業站起來拍著他的肩膀道：「老弟，不必介意，我是說著好玩的。六點鐘的約會，我兩口子準到。」亞英沒得話說了，笑嘻嘻地走了出來。

他右手插在大衣袋順手掏出來三張電影票，自己本來是打算約著宏業夫妻去看電影的，這時拿在手上看了一看，捏成一個紙團團，便丟在路旁垃圾桶裡。一面緩步的走著，一面想心思。走過一家茶鋪，忽然有人在身後叫道：「區先生喫茶。」回頭看時，一個是楊老么，他還穿的是一件青呢大衣，坐在茶館旁街的欄杆裡一副座頭上。同座是位穿灘羊皮袍子的外罩嶄新陰丹大褂，天氣漸暖，在重慶已用不著穿皮袍子，這正和自己一般，穿上這件海勃絨大衣有點多餘。他一站住了腳，那楊老么就站起來連連的招了幾下手，笑道：「請來吃碗茶，正有話和區先生商量。」亞英只好走進去，楊老么就介紹著那個穿羊皮袍子的道：「這位是吳保長，我和他常談起老太爺為人很好，他就想見見，總是沒有機會。」說著，一回頭大聲叫了一聲泡碗茶來。亞英道：「不必客氣，我有點事，就要走的。」楊老么笑道：「這位吳保長，為人很慷慨的，也很愛交朋友，他出川走過好幾省，早年還到過江西安徽。」亞英向他點了點頭道：吳保長是經商出川的嗎？楊老么代答道：「不是，他是因公出川的。」吳保長立刻接著道：「過去的事還有什麼說的，區先生來川多年了？」他這樣的話鋒轉了過去。亞英隨便和他應酬了幾句話，把茶碗捧起來喝了一喝，像是打算要走的樣子。楊老么向吳保長微笑道：「這事情難得碰到區先生，就託他了。」吳保長道：「要得，二天請區先生吃飯。」亞英聽到他二人這樣說，也不知道有什麼重要的事相托，望了他們微笑著，沒有作聲。楊老么笑道：「吳保長新有一家字號要開張，想寫一塊洋文招牌。本來打算要去請教小學堂裡老師，我怕他們對生意不在行，我就想起區先生懂洋文，又出過國，一定曉得寫。」亞英笑道：「跑安南緬甸，那是我的舍弟。」吳保長道：「不出國，懂得洋文也是一樣嘛。」亞英笑道：「要說寫一塊招牌的稿子呢，那倒沒有什麼困難。可是洋文我只懂一種英文。你們是要寫英文、法文或者是俄文呢？」吳保長笑道：「我們也是鬧不清，區先生你看別個用什麼文，我們就用什麼文。」楊老么已是福至心靈了，他又常和高等商人來往，總多知道一點，便向亞英點著頭道。「自然是英文了。」亞英笑道：「你們出了一個沒有題目的文章叫我做，真讓我為難。——吳保長開的是什麼字號？」楊老么道。「他的字號很多，旅館、冷酒店，羅！這家茶館也是。」說著，用手輕輕拍了兩下桌子，接著道：「他現在要新開一家糖果店，打算把店面子弄得摩登一點，所以打算用一塊洋文招牌。」亞英是吸過保長兩支大前門了，覺得人家盛意不可卻，便兩手臂挽了靠住桌沿向他問道：「貴字號的中國招牌是哪幾個字呢？」吳保長笑道：「摩登得很，叫菲律賓。原來有人打算叫華盛頓，因為這樣的招牌重慶有幾家，不稀奇。又有人打算叫巴西，據說那地方出糖。但是叫到口裡巴西巴西，不大好聽，就改了菲律賓。據說那地方也出糖。」亞英笑道：「內江也出糖呀！為什麼不叫內江呢？」吳保長一搖頭道：「還不是因為不摩登。我們這家店就是這樣的來歷。區先生一聽就明白了，請替我設計一下用啥子英文招牌。」亞英想不到這位保長先生，居然懂得「設計」這一個名詞，不由得嘻嘻的笑了，因道：「兩位說了這樣多，還是沒有題目，這篇文章我實交不出捲來。這樣吧，我索性代勞一下，找兩家糖果店看看，他們用什麼英文招牌，看好了，我照樣擬一個送來就是。」吳保長道：「要得，遲一兩天不妨事。我每天上午總在這茶館裡的，區先生賞光交給兄弟就是。」亞英喝了一口茶，說聲再會。吳保長只是點了個頭。

楊老么倒跟在後面把他送出茶館來，站在路邊低聲向他笑道：「我和區先生介紹吳保長，那是另有點意思的。我聽到大先生說你在漁洞溪場上作生意，他有一個哥哥在那裡，我可以介紹一下中。」亞英搖搖頭道：「我不在漁洞溪場上作生意。我那家小店，離場有些路。這個我明白，當地保甲長和我都相處得很好。」楊老么見他表示拒絕，便笑道：「區先生不大願意嗎？你和我一樣，但是他們也看人說話，就是從前那個宗保長，如今和我也很好了。吳保長哥子也不是保長，是××公會一個常務委員。」亞英想了一想笑道。「多謝楊經理的好意。原來我是有意進城來經營商業了。假如我還回到漁洞溪去的話，倒是願意和這位吳先生認識的。」楊老么笑道：「你若是和他交朋友，你不要叫他啥子先生，啥子經理，他最喜歡人家叫他一聲吳委員。現在就是這樣，作官的人想作生意，作生意的人又想作官。二先生若是有空的話，確是可以和他寫塊英文招牌，算幫我一個忙，我有一件事託他。」亞英道：「若是這樣說，我一定辦到。不過，難道到了現在，楊經理還有求於他的地方嗎？」楊老么道：「朗格個沒有。我們是土生土長的人，我們的根底，他啥子不知道。我也有兩個鋪面在他管下，和他有交情，要少好多羅聯，吳保長為人倒是不壞。」隨了這吳保長這三個字，有個人插言道：「楊經理他在不在？」亞英看時，個三十上下的人，將一件帶了許多油漬的藍長衫，罩在一件短襖上，因之下半身更顯著虛飄飄的。下面穿條灰布褲子，油漬之外還有泥點，更是骯髒。再下面赤腳拖上舊草鞋，正與他的衣服相稱。因為如此，頭髮像毛慄篷似的撐著，瘦削的臉挺出了他的高鼻子，那顏色像是廟裡的佛像鍍了金，又脫落了，更蒙上一層煙塵。記得當年在北平。看到那些扎嗎啡針的活死人，頗是這種形象，這倒吃了一驚！這人有了黃疸病與肝癌嗎？或者有其他的傳染病？可是楊老么倒不怕會傳染，讓他站在身邊，瞪了眼問道：「啥子事，買鹽粑？」那人將手拿的一張四方油紙，連折了幾折，揣到衣袋裡去，只答應了兩個字：「笑話。」楊老么道：「你去找他嗎？他在茶館裡。」那人笑著去了。楊老么望了他後身，嘆了口氣道：「這個龜兒子，硬是不成器，朗格得了喲！」亞英在他這一聲嘆罵中，便猜著了若干事情，問道：「這是楊經理的熟人嗎？」楊老么又嘆了一口氣道：「是我遠房一個姪兒子，好大的家財，敗個乾淨，弄成這副樣子，年紀不到三十，硬是一個活鬼。送去當壯丁，也沒有人收。中國人都是這樣硬是要亡國。」亞英道：「他去找吳保長買鹽粑嗎？」楊老么嘆了一口氣，又笑道：「買啥子鹽粑喲！拿一張油紙子在手上，吳保長就是這一點不好，硬是容得下這些不成器的傢伙。他是看到二先生在這裡，要不然的話，怕不問我借錢？」說著又嘆著氣走了。

亞英看了這事情，雖有些莫名其妙，可是這位吳保長就是個莫名其妙的人，大概也不會有什麼好事。這茶館裡小小的勾留，增加了自己無限的悵惘。為什麼要悵惘？自己不解所以然，好像在這個世界裡不經商，就是違反了適者生存的定律。今天上午坐汽車去看的那位上層人物，和適才茶館裡的下層人物，都在講做生意，自己已是跳進這個圈子裡來的人了，若不賺他個百萬幾十萬，豈不是吃不著羊肉沾一身腥？只看楊老么這樣一個抬轎的出身，也擁資數百萬，那豈不慚愧？而且發國難財，也絕不妨礙個人在社會上的地位，大概還可以提高。就以黃青萍小姐而論，她在自己面前說著實話，就為了要錢用，不能不敷衍財主，明知出賣靈魂是極悽慘而又極卑鄙的事，但是不能不出賣。假如自己有錢，立刻就可以拯救她出天羅地網。這錢由哪裡來呢？那就還是作生意的一條大路了。作小生意已經試驗了半年，雖然混得有吃有穿，可是走進大重慶這人海裡來，一看自己所引為滿足的賺來的那點錢，和人家作大生意的人比起來，那真是九牛之一毛。由名流到市井無賴，由學者到文盲，都在盡其力之所能，在生意上去弄一筆錢，弄來了也不放手。第二次，要弄得比第一次對倍。第三次更多，要用十位以上的字數，乘第一二兩次所得的總和。就是這樣演變下去，南京拉包月車的，開熟水店的，重慶抬滑竿的，都升為了經理。不管經理有大有小，反正當一名經理，總比當小夥計強吧？

想到這裡，亞英有點兒興奮，猛可的抬起頭來，才發覺自己走了一大截不必走的路。這裡是新市區的一帶高崗上，站著看崗子那邊山谷上下的新建築，高一層的大廈，低一層的洋樓，象徵著社會上生活毫不困難。其中有一帶紅漆樓窗的房子，正就是朋友介紹著，去投奔的公司董事長之家。雖然那是自己所願走的一條路，曾經在人家口裡聽到說，這位經理胡天民先生，有不可一世之概，驕氣凌人，沒有敢去拜訪，也不願去拜訪。每次經過這裡，都對這聞名已久的胡公館，要注目一下。這時不覺又注目望著了，自己心裡想著，便是他胡天民，也不見得剛跳進商界，就做著董事長與總經理。假如他是一個小職員或小商人起家的話，他也必定侍候過別的董事長與總經理。若不肯俯就人，只憑幾根傲骨處世，他至多像自己父親一樣，作個教育界窮文人，怎可以當大公司董事長？自己若想混到他那個地位，現在不去逢迎他這類人，如何能入公司之門？不能入公司之門，怎樣作商業鉅子？

亞英由那茶館裡出來，想著那吳保長擁有許多家店面，無論怎麼比，自己也比吳保長的知識高若干倍，他可以發財，我就不可以發財嗎？想著，抬起手錶來看看，正是一點半鐘。據人說過，這位胡先生，每日下午一點以後，兩點以前，一定在家裡見客，這又恰是去拜謁的時候了。不管他，且去試試，於是伸手扶了一扶大衣的領子，將頭上新呢帽取下來看了看，再向頭上戴著，將手杖打著地面，自己挺起了胸脯子，順著到胡公館的這條路走去。

亞英走到胡公館門口。這是一個大半圓形的鐵柵門，雙門洞開，那正因為門裡這條水泥路面，一條線停下了三部流線型小座車，車頭都對著大門，像要出去的樣子。亞英低頭看了看身上這件海勃絨大衣，絕沒有什麼寒酸之象，就直接走進了大門，向傳達處走來。這裡的傳達先生，卻是一位門房世家，他見到亞英那件漂亮大衣，兩隻大袖子垂了下來，站在面前，操著流利的北平話含笑問道：「您會哪位？」亞英沒有料到這位傳達，竟是這樣客氣，和那些大公館的傳達大人完全兩樣，便在身上取一張名片遞給他道：「我是董事長約來談話的。因為並沒有約定日子，先來看看。若是董事長在家的話，請你上去回一聲。」傳達倒猜不出他是怎麼一路人物，便點點頭道：「董事長在家的，只是現在正會著幾位客在談重要的事，恐怕……讓我進去看看。」他拿著名片進去了，點個頭表示歉然的樣子。亞英只得在門內小花圃邊，看著幾叢大花出神。這位傳達到了上房去，見到他的主人時，主人和三位客人在樓上小客室裡圍著一張桌子，八隻手在那裡撫弄一百多張麻雀牌。胡天民是個精悍的中等個子，長圓的臉上，養了一撮小鬍子，再配上他那一雙閃閃有光的眼睛，極可以看出是一位精明人。他身穿深灰嗶嘰袍子，反捲了一寸袖口，露出裡面白綢汗衫，他正在理著牌，回過頭來，向茶几上取紙菸，看到傳達手拿名片，站在旁邊，便道：「什麼人？」傳達微鞠著躬，將那名片遞上。主人將名片看著，很沉吟了一會子，因道：「我不認得這個人呀？他說他是幹什麼的？」傳達將亞英所說的話，照直的回稟了。胡天民便將名片隨便放在桌子角上道：「約他到公司裡去見何經理先談談吧。」

傳達正待轉身走出去，他下手一位牌友，一開眼看到名片上這個區字，便撿起來看看笑道：「胡天老，你好健忘呀！上次在梁老二家裡吃飯，他說起他認識一個青年，非常有辦法，憑了一雙空手，就在鄉場上撐起一片事業來。這種人的創業精神，實在可以佩服。假使交他一批資本，讓他去創造一個有規模的場面，那還了得！說起來這個人姓區，這是很容易記著的一個姓，這就是那個姓區的了。」這樣一說，胡天民哦了一聲，點著頭道：「不錯，是有這樣一個人。那麼，讓他來和我見見吧。」傳達含了微笑走將出去，五分鐘後，亞英被引著到這牌場的隔壁小客室裡來了。這裡似乎是專門預備著給人談心之處，推拉的小門外，懸著雙幅的花呢門簾，窗戶上也張掛了兩方藍綢窗帷，屋子裡光線極弱。傳達進來，已亮著屋正中垂下來的那盞電燈。在電燈光下面，沙發圍著一張茶几，微微聽到那邊客廳裡，傳出嘩啦嘩啦麻雀牌的聲音。這樣有了十五分鐘之久，主人還不見來。這屋子既悶又熱，亞英身上的這件海勃絨大衣，雖然質量很輕，可是兩隻肩膀和脊梁上，倒像是背了個大袋壓在身上一樣，額頭和手心裡只管出著汗珠。但是要脫大衣，在這種地方，又沒有個地方放擱，穿大衣見上等人物，自然是沒有禮貌，脫了大衣抱在懷裡，也是沒有禮貌，所以只好忍耐著端坐在沙發上只管去擦額頭上的汗。他這樣等著，也不知道過了多少時候，伸手到懷裡掏出手錶來看時，恰是表又停了，站起來在屋子裡徘徊了幾個來回。忽然又轉上一個念頭，我不伺侯他胡天民，也有飯吃，受這烏龜氣幹什麼？自己整了一整大衣領子，正打算走出去。就在這時，胡天民日裡銜了一隻翡翠菸嘴子，帶著笑容走進來了。他取下了菸嘴子，微彎了腰，老遠看到亞英，就伸出手來和他握了一握，笑道：「對不起，有勞久等了。請坐，請坐。」亞英見主人很是和藹，把心裡頭十分的不痛快，就去了四五分，隨口號便說了一句「沒關係」。

賓主坐之。胡天民很快的掃射了客人一眼，覺得他衣服漂亮，少年英俊，沒有一點小家子氣，相信他是個有用之才，也就在臉上增加了兩分笑容，因道：「事情是有這樣巧我的上手一連展了四個莊，簡直下不了桌子。」亞英笑著，又說了一句「沒關係」。胡天民吸上了一口菸，然後向他點著頭道：「我是久仰的了。梁先生早已提到區先生是幹練之才，將來兄弟有許多事情要請教的。」亞英已覺得這位胡董事長，很可滿意的了，他這樣的客氣，更是予人以滿意，便欠了一欠身笑道：「不敢當，作晚輩的也只是剛剛投身社會，本來早就要拜訪胡董事長的，因為恰好有一位敝親由香港運了幾車子貨來。他人地生疏，有幾處交易，非要我去接洽不可，替他跑了幾天，就把時期耽誤了。所以遲到今天，才來請安，這實在是應當抱歉的。」

胡天民一聽到「香港」這兩個字，立刻引起了很大的興趣，便將菸嘴子在茶几菸灰缸上，輕輕的敲了幾下灰，作出很從容的樣子，微笑道：「令親運了些什麼貨來呢？西藥，五金，匹頭，化妝品？」說完了，他將菸嘴又塞到嘴角裡吸了兩口菸。亞英道：「大概各樣東西都有一點吧。」胡天民笑道：「這正是雪中送炭了。這幾天物價，正在波動。」亞英道：「唯其是物價都在波動，所有那些貨很少肯脫手。我本應當早幾天來奉看先生了。就為了這件事耽擱了，望先生多多指示。」他這最後一句話，頗是架空，也無意請胡先生指示他什麼。但胡天民對於這句話，卻是聽得入耳，便微笑著，又吸了兩下菸，問道：「區先生以前是學經濟的嗎？」亞英道：「慚愧！學醫不成，改就商業，未免離開職位了。」胡天民將腰伸了一伸，望著客人的臉子，現出了很注意的樣子，因道：「以前區先生是學醫的，那麼，對於西藥是內行了。」亞英道：「不敢說是內行，總曉得一點。」胡天民笑道：「我們公司裡也有點西藥的往來……」他把這句話拖長了沒有接下去，沉吟著吸了兩口菸，因笑道：「我們在城裡，也有一點西藥事業，九州藥房，知道這個地方嗎？」亞英笑道：「那是重慶最大的一家藥房呀！許多買不到的德國貨，那裡都有，那裡一位經理，記得也姓胡。」胡天民笑道：「那極好了，他是我的舍姪，區先生可以去和他談一談。」說著，他在身上取出了自來水筆，問道。「區先生可帶得有名片？」亞英立刻呈上，他就在上面寫了六個字：「望與區先生一談」，下面注了似篆似草的一個「天」字，交給亞英笑道：「舍姪叫胡孔元，他一定歡迎的。」他說時，已站起身米。看那樣子像是催客。

亞英既不明白叫他去九州藥房是什麼用意，也不明白要和胡孔元當談些什麼，待想追著問上兩句，而他臉朝外，已有要走的樣子。明知人家是坐牌桌子的人，自不便只管向人家嚕唆下去，深深的點著一個頭，也就只好告辭走開。他心裡想著：「這倒是埡謎，毫無目的地，讓我去和藥房經理談話。這又是一篇沒有題目的文章了。既是胡董事長教人這樣去，那也總有他的用意，就去撞撞看吧。」

這樣決定著，三十分鐘之後，他見到這位胡孔元經理了。在藥房櫃檯後面，有一間玻璃門的屋子，上寫三個金字「經理室」。亞英被店友引進這間屋子時，經理穿了筆挺的深灰呢西服，擁著特大的辦公室坐了，他正如他令叔一樣，口裡銜了翡翠菸嘴子，兩手環抱在懷裡，面前擺著一冊白報紙印的電影雜誌，正在消遣。他鼻上架了一副無框眼鏡，眼珠滴溜溜地在裡面看人。他也是為亞英身上這件海勃絨大衣所吸引，覺得他不是一個平常混飯吃的青年，隔著桌子，伸出手來和他握了一握，請他在桌橫頭椅子上坐下，笑道：「適才接到家叔的電話，已知道區先生要來，有兩個朋友的約會我都沒有出去。」亞英笑著道了謝。這位胡經理和他說了幾句閒話，問些籍貫住址，和入川多少時候等等。亞英都答覆了。但是心裡很納悶，特地約到這裡和他談些什麼呢？未到之前，胡天民還有一個電話通知他，似乎對於自己之來，表示著很關切，絕不是到什麼機關裡去登記報告一遍姓名籍貫就了事，為什麼他這樣毫不介意的閒談？便道：「胡董事長叫兄弟前來請教，胡經理有什麼指示嗎？胡孔元笑道：客氣，據說有位令親從香港來，帶有不少的西藥，我們想打聽打聽行市。」亞英笑道：「胡經理正經營著西藥呢，關於行市，恐怕比兄弟所知道的還多吧。」胡孔元笑道：「兄弟雖然經營著西藥，那可是重慶的行市。香港和海防的行市，雖然電報或信札上可以得著一點訊息，那究竟差得很遠。未知令親帶來的藥品，有重慶最缺少的東西沒有？亞英笑道：兄弟離開醫藥界，也很久了，重慶市現在最缺少些什麼藥品，我倒不知道。」這位胡經理就在玻璃板下，取出一張紙單，交給亞英，笑道：「上面這些藥，就是最缺少的了。」亞英接過來看時，中英文字倒開了二三十樣藥品。其中十之八九都是德國藥。第一行就開的是治腦膜炎與治白喉的血清，因點點頭道：「這上面的藥品，的確是不多的藥。敝親帶來的，大概也只有其中的一小部分罷了。」胡孔元聽了這話，表示著很得意，將頭擺成了半個圈圈，笑道：

「我們都儲存了一部分。」說著將手邊一架玻璃櫥子的門開啟，向裡面指著道：「這實在不多。我們鄉下堆疊裡，還預備得有一部分，你看如何？」

亞英看櫥裡面紅紅綠綠裝潢的藥瓶，藥盒子，層層疊疊，堆了不知多少，就笑著點了幾點頭。胡孔元就在裡面取出了一個藍色扁紙盒子，晃了一晃，笑道：「這是白喉血清，我們就有好幾盒。在重慶西藥業中，許多人是辦不到的。」亞英看他那得意的樣子，正也不知怎樣去答覆是好。胡經理向亞英笑道：「我雖然存有這樣多的貨，但是有貨新到，還願意陸續的收買。」亞英道：「好的，讓我回去和敝親商量看，是怎樣的供給。」

胡經理微笑了一笑，嘴張動著，正有一句話要想說出來，卻聽到門外邊有人發出很沉著的聲音道：「說沒有就沒有，儘管追問著幹什麼？」胡經理便拉開玻璃門走到櫃房裡來問話。亞英不便呆坐在經理室裡，也跟了出來。看時，櫃檯外站立著一位蒼白頭髮的人，嘴上蓄有八字須，身上穿了件灰布袍子，胸襟上掛了一塊證章，似乎是個年老的公務員。他將兩隻枯瘦的手扶了櫃檯沿，皺了眉道：「這是大夫開的藥單子，他說貴藥房裡有這樣的針藥，那絕不會假。先生這是性命交關的事情，你們慈悲為本，救救我的孩子吧！說著把兩隻手拱了拳頭，連連的作了幾個揖。胡經理先不答覆他的話，拿起那藥單子，看了一看，便淡笑了一聲道：好，藥的價錢都開在上面了。我們這裡沒有這樣便宜的藥。」那蒼白頭髮的老頭子，在身上掏出一卷大大小小，篇幅不同的鈔票，完全放在櫃上，又抱著拳頭作了幾個揖，皺了眉道：「我就是這多錢，都奉上了，請你幫幫忙吧。」胡孔元笑道。「老人家你錯了。我們這裡並不是救濟機關，我們作的是生意。有貨就賣，沒有貨，你和我拚命，我也沒有法子呀。」

亞英站在櫃檯裡面，雖不便說什麼，可是當他看到那老頭子那樣作揖打拱的時候，良心上實在有些不忍，便向胡孔元道：「我來看他這單子。」說時已伸出手來。這在胡經理自不便拒絕，笑著將單子交給他道：「你看，作大夫的兼作社會局長，把藥價都限定了。」亞英看那藥單時，乃是白喉血清，單子下層，大夫批了幾個中國字，乃是約值一千元。在這個時候白喉血清每針藥約值兩千元，亞英是知道的。大夫所開的單子，不但沒有讓藥房多賺錢，而且替他打了個對折。胡經理對這個病家，並沒有絲毫的交情，那也就怪不得他說沒有貨了。他沉吟了一會子，便向那老人道：「老人家，你出來買藥。也沒有打聽打聽行市嗎？」老人道：醫生也告訴過我的，說是這種藥不多，讓我多打聽兩家。我也走訪過幾家，他們一句話不問，搖著頭就說是沒有。我到這裡是第五家了。因為醫生說九州藥房大概有，所以抱著一線希望到這裡來，現在這裡也沒有，我這孩子大概是沒有什麼希望了。」他說到最後，嗓音簡直的僵硬了，有話再說不出來。亞英問道你的孩子多大：「老人道：十歲了，我唯一的一個兒子。先生。我五十六歲了，我是個又窮又老的公務員，唯一的希望，就是這個孩子，假如他出了什麼事，我這條老命留不住，我內人那條老命也留不住。換一句話說，我是一家全完！」他說到「全完」兩個字，將兩隻手分開來揚著，抖個不住，同時兩行眼淚，也都隨著掛在臉上了。那位胡經理瞪了眼道：「這個老頭子真是胡鬧，我說沒有就沒有，儘管在人家這裡糾纏，怪喪氣的。」說著一扭轉身子走進他的經理室裡去了。亞英怔怔的站在櫃檯裡，心裡很覺難過，回想到胡孔元拿出整盒的藥針給人看，一轉跟，他又說沒有，那是如何說得出口？再看那個買藥的老頭子時，他的手抖顫得像彈琵琶一樣，把櫃檯裡的鈔票連抓了十幾下，方才一把抓住，然後塞到衣袋裡去，抬起另隻手，將袖頭子擦著眼角，就垂著頭走了。

亞英看了他那後影，還有些顛倒不定的樣子，也顧不得向胡經理告辭了，立刻追著出店去，大聲叫道：「那位老先生，來來來，我有話和你說！」日裡說著，也就直接的追向前去，那老人回轉身來，立住腳問道。「先生，我沒有拿你們寶號裡什麼呀。」亞英本來想笑，看到他那種悽慘苦惱的樣子，那要湧上臉來的笑意，立刻又收了回去，便道：「我也不是這藥房的人，我看你這份著急的樣子，很和你同情，假如你可以等一小時的話，我可以奉送你一點藥，不，這時間關係很大，半小時吧。」老人想不到有這種意外的收穫，睜了眼向他望著道：「老生，你這話是真的？」亞英道：「你現在是什麼情緒，我還能和你開玩笑嗎？」老人聽了這話，立刻取下頭上的那頂帽子，垂直了兩手，深深的向亞英鞠了一個躬，接著又兩手捧了帽子，亂作了幾個揖。亞英更是受到感動。林宏業託他經售的一批西藥，正是剛拿了來，放在旅館裡。老人跟了前去，於是不到半小時，就把這事情辦妥了。這時亞英的心情簡直比賺了十萬元還要輕鬆愉快。拿出表來一看，已到黃小姐請客的時候，林氏夫妻已有不赴約的表示，自己若是去晚了，倒會教黃小姐久等，於是整整衣冠，便向酒館子裡來。剛到那門首，恰好看到黃小姐，由一輛漂亮的小座車上下來。她反身轉來，帶攏了車門，含笑向車子上點了兩點頭。亞英是很諒解黃小姐有這種交際的，若是立刻搶向前去，是會給黃小姐一種難堪的，因之站在路上呆了一呆。

青萍卻是老遠的看到了他，連連招了兩下手，手抬著比頭頂還高。亞英含著笑跑了過去，笑道：「巧了巧了，早來一步都不行。」青萍將兩三個雷白的牙齒，咬著下面的紅嘴唇，將那滴溜溜的烏眼珠，向他周身上下很快的掃射一眼，微笑著點了兩點頭。亞英問道；「你覺得這件大衣我穿著完全合適嗎？」青萍笑道：我是很能處理自己的，同時我也能代別人處理一切。」亞英聽了這話，卻不解所謂，望了她微笑著。青萍伸過一隻手來，挽了他的手臂笑道：「你還有什麼不了解的？你真不了解，我們吃著喝著再談。」於是被她挽進了一間精緻的雅座。她將手上拿的皮包向茶几上一拋，大衣也來不及脫，一歪身子坐在沙發上，將右手捏了個小拳頭在額角上輕輕地捶著。亞英坐在她對面椅子上看了這情形，就問道：「怎麼了，頭有點發暈嗎？」

青萍原是含著微笑向他望著的，經他一問之後，她反是微閉了眼睛，簇湧了一道長睫毛，似乎是很軟弱的神氣。那一隻捏拳頭的手，已不再移動，只是放在額角上。亞英對了她看著出神，很有心走向前去握著她的手慰問兩句話，但剛有這個意思，茶房將茶盤托著兩蓋碗茶送了進來，茶碗送到她面前茶几上放著，她只是微睜開眼來看了一看，依然閉著。過了一會她才向亞英微笑道：「我睡著了嗎？我真是倦得很。」說著眼珠向他一轉，微微的一笑。亞英拿了火柴回來坐著，望了她笑道：「你今天下午打了牌了，有什麼要緊的應酬？」他說著，就取出紙菸來吸。青萍並不答覆他這一問，卻伸出右手的食指和中指，互相搓挪了兩下，表示著向他要紙菸。亞英道：「你疲倦得話都懶說，既是這樣，你為什麼還要請客？不會好好的回溫公館去休息嗎？」青萍看了他一眼道：「你還不了解我，以為我很願意到溫公館去休息嗎？而且我也不能事先料到，今天下午有這樣子疲倦，這是在你當面，我可以隨便，若是在別人面前，我就是要倒下地去，我也會勉強支援起來，像好人一樣。」亞英道：「我了解你，你是不得已的。但是你不這樣作，也可以的，你為什麼這樣子作踐自己的身體？」青萍向他瞅了一眼道：「你難道忘記了我上次對你說的話？我在一天沒有跳出火坑以前，我就不得不出賣我的靈魂。」她說著，身子又向後一仰，頭枕在椅子靠背上，在身上取出一塊花手帕矇住了自己的臉。

亞英坐在她對面，倒是呆了。可以疑心她在哭，也可以疑心她在笑，或者是她難為情。這一些雖都可以去揣測，而究竟她是屬於哪一種態度，卻還不可知，於是沉默了幾分鐘。她端起蓋碗來呷了一口茶，慢慢地放下了碗，正色道：「亞英，我實說，我還沒有和你發生愛情。可是我認為你可以作我一個極好的朋友。我現在終日和一群魔鬼混在一處，也實在需要你這樣一個朋友。」亞英笑道：「你這話有點兒兜圈子。你要我這樣一個朋友，這個朋友是存在著的，你還說什麼？」青萍笑道：「傻孩子！」說著兩手又端起茶碗來喝茶。她兩隻烏眼珠由茶碗蓋上射過來。亞英雖然不看見她的笑容，在她兩道微彎的眉毛向旁邊伸著，而兩片粉腮又印下去兩個酒窩的時候，是可以看到她心中很高興的。只是她這話很不容易了解，彷彿說自己是她的好朋友，又彷彿說，還不夠作她一個好朋友。自己在無可措詞的時候，掏出掛表來看了一看，因沉吟著道：宏業他夫妻兩個還沒有來。」青萍這時又斜靠在椅子背上了，淡淡的道：「他們不來，也不要緊，我們慢慢的可以談談。」說到這裡，她突然噗嗤一聲的笑了起來。亞英道：「你笑什麼，笑我嗎？」她笑道：那天我們下鄉，遇到一個被車子撞下來的人，搭著我們的小座車，同了一截路，你記得這件事嗎？力亞英道：「記得，你為什麼突然提到這個人？」青萍笑道：「我笑的就是這件事。在某一個場合，遇到這位先生了。他約略知道我一點身分，竟追求起我來了。」亞英道：「那他也太魯莽一點。」青萍瞅了他一眼笑道。「你外行不是，求戀有時是需要魯莽的。然而看什麼人，至於像我這樣在人海裡翻過觔斗的人，什麼手段都不能向我進攻，除非我願意。現在空話少說，你先給我參謀一下，我怎樣對付這個傢伙？」亞英道：「你還用得著我來作參謀嗎？你已說過了，什麼人也不能向你進攻。」青萍道：「然而你要知道，他是一個發了財的投機商人。他發財是發財了，還在公司裡充當平凡的職員，遮掩別人的耳目。」亞英道：「這是他為人，與他對你的那份企圖，以及你如何應付他的手段，有什麼關係？」青萍笑道：「當然是有，他若不是一個發國難財的人，他會曉得黃小姐不是一個窮小子所能接近的人。這種人我打算教訓教訓他，你覺得我這個辦法對嗎？」亞英道：「我看著，都是有點『那個』的。」青萍抬起頭來，向他嫣然一笑道：「『那個』這一名詞，怎樣的解釋？」亞英道：「隨便你怎樣解釋都可以，你不說我接近你是一個例外嗎？憑這個例外，我就有點那個。」青萍將手裡摺疊的手絹捏成個團團，向他懷裡一扔笑道，「好孩子！說話越來越乖巧。」亞英笑道：「雖然如此，但是你又說，我們終於不過是一個朋友。」說時，他把那手絹拿在手上播弄了幾下，送到鼻子尖上嗅著。

青萍笑道：「這個問題，我們作為懸案吧。四川人說的話，懲他一下子。」亞英道：「你怎麼樣子懲他呢？」亞英是毫不加以思索的把這話說出來了。可是他說出來了之後，腦子裡立刻轉了一個念頭，懲他一下子，是把他弄得丟丟面子呢，還是敲他幾文？關於前者，那無所謂。關於後者，那或者有些不便之處。他的面色隨著他心裡這一分沉吟，有點兒變動。青萍笑道：「你有什麼考慮嗎？」亞英道：「我考慮什麼？這個人又不和我沾親帶故。」青萍笑道：「好的，你聽候我的錦囊妙計吧。不過有一層，這件事，你無論如何，不能告訴宏業夫妻。你聽，他們來了。」隨著這話，果然是這對夫妻來了。

黃小姐這一頓飯，專門是為這三位客人請的，並沒有另請別個，辦了一桌很豐盛的菜，款待得客人不便全走。宏業只好留下二小姐，自己單獨去赴另一個約會。這裡散的時候，大家同散。當晚亞英回到旅館，就沒有再向別處去，一人在屋子裡靜靜的想著，黃小姐對自己的態度，漸漸的公開起來，到了什麼話都可說的程度。然而同時她又坦率的說，彼此談不到愛情，其實男女之間相處得這樣好，不算愛情，也算是愛情了。她那三分帶真，七分帶玩笑的樣子，頗像是玩弄男子，莫非她有意玩弄自己？不然的話，以她那樣什麼社會都混過，什麼男子都接近過的人，何以會像外國電影故事似的，一見傾心呢？想到這裡，他抬起頭來要作個進一步的想法。他看到一樣東西，讓他有些警覺了。

天外歸來

區亞英抬頭所看到的，是本地風光旅館這間屋子的每日房價條子。原來他只打算在城裡勾留兩三天，企圖得一點意外財喜。自從遇到黃青萍小姐，就有在城裡久留之意。既不能像林宏業一樣，住著那樣好的招待所，自必在這旅館裡繼續住下去，單是這筆用費，那就可觀了。加上每日的伙食，應酬費、車費，茶菸費，恐怕在城裡住上一月，就要把賣苦力趕場積攢下來的錢，完全用光。用光之後，是繼續經營鄉下那爿小店呢？還是另謀出路呢？最穩當的辦法，自然還是下鄉去，現成的局面，只要把得穩，每月都有盈餘，可以把握一筆錢，在抗戰結束後去作一點事情，比較去向分公司當小頭目，是兩鳥在林，不如一鳥在手的事。要走，立刻就走，早走一天，早節省一天在城裡的浪費。但是這樣做，就要把這位漂亮而摩登的黃小姐拋棄了，光是漂亮而摩登的小姐，把她拋棄了，那也不足惜。可是人家在曾經滄海的眼光裡，是把自己引為好朋友的。人生難得者知己，尤其是個異性知己。

他想到這裡，自己給自己出了一個很大的難題，不能耐心著坐下去了。插了兩手在大衣袋裡，就繞著房子踱方步。他在這屋子裡總兜有二三十個圈子，思想和走動的兩隻腳一樣，只管在腦子裡兜圈子。他想著：黃青萍是個思想行為都很複雜的人，也必須從多方面去看她，才可以知道她為人的態度。她也許像二姐說的，想利用我，也許是她在朋友裡面，覺得我是比較合條件的。也許是她和我家有點認識，因之聯想到我也不錯。也許她原是想玩弄我的，自從和我接近之後，覺得我這人還忠厚，於是就愛上我了。

亞英自己這樣想著，便感覺到一種莫名其妙的愉快。這愉快由心頭湧上了臉，雖是單獨的一個人在屋子裡，也自然而然的嘴角上會發出微笑來。心裡一高興，腳下倒覺得累了，這就倒在沙發坐著，微昂了頭，再去幻想著黃小姐談心時的姿態，也不知是何原故，突然感覺到，應當寫一封信給她。好在皮包裡帶有信紙信封與自來水筆，坐在電燈光下，就寫起信來。這封信措辭和用意，都是細加考慮，才寫上白紙，因之頗費相當的時間。而原來感覺到在重慶久住，經濟將有所不支的這一點，也就完全置之腦後了。

信寫好了，開始寫信封，這倒猛可的就讓自己想起了一件事：這封信怎樣的交到黃小姐手上去呢？郵寄到溫公館，那當然是靠不住，萬一被別人偷拆了，要引出很大的問題。若是託二小姐轉交呢？一定交得到，那又太把問題公開了。那麼，最好是當面直接交給她。她必定說，有話為什麼不當面說，要轉著彎子寫上這樣一封信呢？除了上述這三種辦法，正還想不出第四種，真有教人為難之處。於是把信紙插進信封套裡，對雪白的紙上，呆望著出了一陣神，不覺打了兩個呵欠。自己轉了一個念頭，好在只有信封面上，這幾個字，等著有什麼機會，就給它填上幾個什麼字好了。只是今天和她分別時，不曾訂著明日在哪裡會面，這卻有點找不著頭緒。隨了這份無頭緒，又在屋子裡兜起圈子來。這回卻是容易得著主意。他想到二小姐住在溫公館，是自己的姐姐，總可以到那裡去隨便探望她。在上午十點鐘左右，這類以晏起為習慣的摩登婦女，總還在溫公館。看到二小姐，就不難把黃小姐請出來，然後悄悄的把這封信塞到她手上，和她使一個眼色，她必然明白。信收到了，她不會不答覆的，看她的答覆，再決定自己的行止，就各方面顧到了。這樣自己出難題，由於自己解答過了，方才去安心睡眠。

第二天一覺醒來，竟是將近上午十點鐘。趕快漱口，洗臉，梳頭髮，整理衣服，即刻就向溫公館去。到了那裡時，兩扇大門敞開著，遠遠的站著出了一會神，正想到怎樣進去，向傳達處打聽。就在這時，大門裡嗚嗚的一陣汽車喇叭響，立刻閃到路邊靠牆站定，看那汽車裡面，共是三位女性，其中兩個就是黃小姐與二小姐，另外一個不認得。她們都帶了笑容。彼此在說著話，並沒有注意到車子外面。小汽車走得又快，一轉眼就過去了。想和她們打一個招呼，也不可能。呆站了一會，心裡想著，這真是自己的大意，早來五分鐘，也把她們會到了。想了一想，也只有無精打采依然走回去。自己正還沒有決定今日上午的課程，現在有了工夫，不如找找那位梁經理去，應當繼續這次進城來所要辦的那件事。他有了這個意思，便來那家公司拜訪前梁司長，現任的經理先生。但到了那裡，恰好他不在家。

去這公司不遠，卻是李狗子任職的那家公司，依著他父親區老先生的見解，雖不必以出身論人，然而知道李狗子出身最詳細的，還是區家父子，去得多了，萬一漏出了人家的真出身，不是區家父子透露的，他也會疑心是他們透露的，總以避嫌為妙。但又一轉念，李狗子是包車伕出身的人，還可以講些江湖信義。想到這裡，已經走到李狗子公司的門口，既來之，就和他談一談吧。於是走向傳達處，告訴要會李經理。傳達照例要一張名片。亞英還不曾答話，忽聽得裡面有人大聲說道：「二先生，你不要理他。他這樣辦事，也不知道給我得罪多少客了。」說話的正是李狗子，他身穿大衣，頭頂帽子，手上拿了斯的克，正是要出門的樣子。亞英迎上前去，李狗子握住了亞英的手，緊緊的搖撼了一陣，笑道：「歡迎，歡迎！我們一路吃早茶去。」說著，挽了他的手就向外走。

亞英道：「你請我吃早點，我倒是並不推辭。不過我看你這衣冠整齊的樣子，分明是出去有事，若是陪我去吃早點，豈不耽誤你的事。」李狗子將他一扯，扯著靠近了自己，然後把右手的手杖，掛在左手手臂，將右巴掌掩住了半邊嘴，對著亞英的耳朵輕輕地唧咕著道：「我這個經理，有名無實，事情都由別人辦，你有什麼不知道的！而且我也根本坐不住辦公室，你教我像別位經理先生一樣，一本正經，坐在辦公室邊看些白紙寫黑字的東西，那猶如教我坐牢。發財有命，坐牢去發財幹什麼！」亞英笑道：「經理坐辦公室是坐牢，我還是第一次聽到。當經理的人都有你這樣一個想法，那就完了。」李狗子笑道：「可是我不坐辦公室，我這經理也沒有白當。我每天出來東鑽西跑，總要和公司裡多少找一點錢。我常是這樣想，我若是作了真龍天子，也不能天天去坐金鑾殿，只有請正官娘娘代辦。我還是幹一個兵馬大元帥東徵西蕩。」說著話，兩人早已出了公司門，在馬路上走。

亞英正要笑他這話，身後卻有人代說了：「死砍腦殼的，害了神經病，在馬路上亂說，不怕警察抓你！」

這聲音很尖利。亞英回頭看時，卻是個摩登少婦。李狗子回過身來，拍著她的肩膀道：「在馬路上我不能亂說話，你倒可以亂罵人。」他拍著她的肩膀，那正是順手牽羊的事。她矮小的個子，和李狗子魁梧的身體一比，正好是長齊他的肩膀。不過她的燙髮頂上，盤了一卷螺紋，卻是高過他的肩膀。她臉上紅紅的塗了兩片胭脂暈，正和她的嘴唇皮一樣，塗得過濃，像是染著一片血。皮膚似乎不怎樣細白，胭脂下面抹的粉層，有未能均勻之處，好似米派山水畫的雲霧，深淺分著圈圈，大有痕跡可尋。李狗子笑嘻嘻的向亞英道：「這是我女人。喂！這是區先生，是我老師的二少爺，是師兄。」李太太向亞英笑著點了個頭。李狗子道：「你在路上，追著我幹什麼？」李太太道：「我要你跟我到南岸下鄉去一趟。我表哥有二十石穀子，要出賣，賣了請大律師打官司。我們買下來，要得？」李狗子道：「我哪裡有工夫下鄉，買了穀子，我們又放到哪裡？」李太太道：買了，還放在我表哥那裡，也不要緊。過了兩個月，再在鄉下賣出去，盤都不用盤，包你攢錢。弦亞英笑道：「真是強將手下無弱兵，李太太也是這樣的生意經。」李狗子聽了他誇獎太太，眉飛色舞笑道：「總算還不錯吧。」說著向太太道：「我陪二先生吃早點去，你也去一個吧。生意經回頭再談。」她向亞英看看，見他少年英俊，是李狗子朋友當中最難得的了，便笑道：「為什麼子不去？我請客嗎？二先生吃下江館子，要不要得。」亞英笑著說是聽便。

三人到了館子裡，找好了座位。這李太太表示著內行，首先向茶房道：「和我們先來一籠包餃，半籠千層糕，一盤餚肉，中碗煮乾絲。」亞英笑道：「揚邦館子裡的吃法，李太太全知道。」李狗子笑道：「她不是跟我老李嗎?你不相信，她還很會做揚州菜。二先生哪天沒事，到我家裡去吃頓便飯，讓她親自下廚房裡，作兩樣可口的菜你吃。」亞英道：「那不敢當，怎好讓經理太太作菜我吃！」這一聲「經理太太」的稱呼，使她兩道濃眉，八字伸張，望著亞英又露出金牙了。這經理太太一個名詞，她自然不是今日首次聽到，只是像亞英這樣年輕而又漂亮的人物稱呼她，她感覺得特別受用。

這時茶房已把乾絲和小籠包餃，陸續的送上桌來。李太太伸出筷子先夾了個包子，送到亞英面前。又把在一個醬油碟子裡斟上半碟子醋，然後夾了大碟子裡一撮薑絲，在醋裡一拌，笑嘻嘻地也送了過來。他「呵呀」了一聲，站起身子，連說不敢當。李狗子笑道：「我們這位太太，待人最是熱心不過。憑了我這點身分，她是你一個老嫂子，她一定可以招待得你很好。你在城裡不是還要住些時候嗎？住在旅館裡，未免用錢太多了。你暫時搬到我家裡去住，好不好？」李太太立刻笑著點頭道：「要得，要得！到我們那裡去住，我包你比在旅館裡安逸得多。」亞英笑道：「多謝二位盛意，這事讓我先考量考量。我是急於有一句話要問你，你剛才所說大生意作得有些討厭，這還是我一百零一回聽到的話。作生意的人，還有嫌生意作大了的嗎？你可不可以把這理由解釋給我聽聽？」

李狗子把酒喝夠，口滑了，已經忘記了敬客，左手捏住了茶杯不放，於是舉起杯子來喝了一大口酒，脖子伸長，笑道：「這有什麼不懂的呢？開公司要什麼股東，要什麼董事會，還有常務董事和董事長。這下面才是總經理和經理。經理之下，這個主任，那個主任。辦一件事，你扯來，我扯去，這個簽字，那樣蓋章。作經理的人要錢用，還得下條子簽字，一點小事都有這樣麻煩。到了辦公時間，有事無事，都要坐在辦公桌上，一點也不自由。自己若開一家小店，自己是老闆，自己是帳房，我愛坐在櫃檯就坐櫃檯，不愛坐櫃檯，睡午覺也好，在外面茶館進酒店出也好，誰也管不著。錢櫃子裡的錢，一把鑰匙，在我身上，我愛什麼時候拿錢，就在什麼時候拿。我愛用多少就用多少，那多麼方便。我真後悔，拿出許多股本開公司，自己用自己的錢，不能隨意還罷了，一天要被拘留好幾個小時。如今要不幹，股子又退不出來，真是糟糕。」

亞英笑道：「妙論妙論，重慶千千萬萬的經理人物，像你這樣見解的，我還不曾遇到第二個。李太太的意思怎麼樣呢？」他望著她，以為她和李狗子這一對人物，是些什麼思想，會在臉上表現出來。李太太見他端詳自己的面孔，高興極了，故意笑著把頭一低，然後答道：「他的話我也不大懂，作大公司經理有什麼不好，比老闆的名聲也好聽些吧？」李狗子笑道：「你外行，作生意買賣要什麼好聽，怎麼樣子賺錢，怎麼樣子辦就好。」亞英道：「那不盡然，在這個社會上，名利是有聯帶關係的。你不見許多發了財的人，都想弄一個官做？他的意思，並非是想在這個時候，當一名窮公務員，想撈吃飯不飽，喝酒不醉的那幾個薪津。有時一張印了官銜的名片，比你們在公司有多少股權的那張股票，確實有價值些。說到這裡，我就要駁你老兄兩句，你不也很是想和政界上來往來往嗎？」

李狗子又端起茶杯來喝了一口酒，臉色開始有點紅起來，雖不知道他這一陣紅暈的原因，是酒呢，還是難為情呢？然而他的面孔上，確有那種帶了春意的紅色，他笑道。「果然是這樣，現在我就想弄個掛名的官做做，可是，我不是為了公司裡買賣上能弄幾個，我李仙松辛苦了半輩子了，如今……」他說到這裡，左手按住了桌沿，右手放下酒杯，伸出五個指頭，將巴掌心對了亞英照著，睜著雙眼，嗓子裡吞下一口津沫，笑道。「我大概有這個數目。」

亞英望著微笑了一笑，料著他這一比，絕不會說是五十萬，不是五百萬，就是五千萬。李狗子倒不管人家這一笑，意義何在，仍舊接著道：「只要我不狂嫖浪賭……」李太太一扭身子，嘴一撇，搶著道：「喝了多少酒，亂吹！你還打算狂嫖呢，你也不知道你有多大年紀！」李狗子笑道：「這不過譬方說，你急什麼？你等我說完，不要打岔。二先生，你想我能把幾個錢用光嗎？只要好好經營，飯是餓不到的。不過人生一世，草生一秋，有道是人死留名，豹死留皮，我總要弄個頭銜，將來回家鄉拜訪鄉長族長呀，上墳祭祖呀，那就體面得多，就說我女人，人家都叫她太太，其實這是人家客氣稱呼罷了。我沒有作老爺，她怎麼會是太太？若是我弄了一個官銜，她這個太太的稱呼，才是貨真價實。我也不想做好大的官，到了自己家鄉，可以和縣長你兄我弟稱呼著，我就心滿意足了。」說著仰起頭來哈哈一笑。亞英笑道：這有什麼難辦呢？你多作點社會事業，人民一恭敬，政府一嘉獎，你在社會上有了很好的名譽，縣長對你就要另眼相看了。一李狗子伸手抓抓耳朵，笑問他道。「什麼叫社會事業？這社會事業又怎樣的辦？」

亞英被他這一問，也覺得一部廿四史，一時無從說起，偏頭想了一想，笑道：「社會事業很多，就以你能辦的來說吧。你到家鄉去捐出一筆款子來辦幾所學校，平民學校可以，小學可以，中學也可以。或者你向醫院裡捐筆款子，讓他們裝置完全些。或者開一家平民工廠，救濟失業的人。或者……」李狗子將手連連的拍了桌沿，笑道：「我懂了，我懂了，這是作好事。作好事是可以傳名的。但那究竟是在家鄉當大紳士，大紳士果然是和縣長並起並坐，但究竟不是官。說到一個人榮宗耀祖，死了在墳上石碑上，刻上大字一行，究竟要有一官半職才行。你說我這個指望究竟辦得到辦不到？」李太太笑道：「二先生，你不要信他亂說。左一個究竟，右一個究竟，究竟要不得。他實在要一個好朋友指點指點他，才有希望。聽說他要請你大哥教他讀書，也沒有辦到，我硬是歡迎你搬到我們家去住。你看要不要得？」李狗子鼓了掌道：「要得要得！」亞英見他夫妻二人竭誠歡迎，除了謙遜幾句，卻不能堅決拒絕他們的邀請。

這一頓早點，為了李狗子高興話多，足足吃到下午一點鐘方才散去。臨別的時候，李太太又再三的叮囑著，務必把旅館房間退了。亞英也就含著笑容隨便的答應了兩句，匆匆的告別。他這個匆匆之勢，倒不是有什麼了不得的事，他覺得李狗子雖為人慷慨，可是彼此知識水準，相差太遠，初聽他的話天真得可笑。久聽了他的話，卻又無知識得可厭。至於他那位夫人，除了穿得摩登，全身沒有一根骨頭是趕得上時代，而有些地方知識，還不如李經理。在這種情形下，怎樣可以搬到他家裡去住，自不如早早離開，避免了他們的邀請為妙。

他在街上走著，心裡也陸續的想著心事，他感到自己並不是在忙著找飯吃，但為了要找更多的錢花，又不能不在這無一定目的的情形下，隨時隨地想辦法。怪不得那些商場掮客，和作投機生意的人，總是在馬路上跑。自己還不曾走上作掮客的路，已是在馬路上跑了。一個年輕有為的小夥子，什麼事不能幹，卻也要這樣錢迷腦瓜，滿街滿市的亂鑽。

由這裡可以想到黃青萍小姐，表面上周旋闊人富商之間，內心上所感到的痛苦，那是不難想見的。想到了黃小姐，就不免伸手到衣袋裡去掏摸那封寫好未交出去的信，掏出來看看。信面上雖是自己寫的青萍小姐幾個字樣，也覺得這「青萍」兩個字上，就帶有一種濃厚的情韻。

亞英回到旅館，桌上卻見林宏業寫了一張字條放在那裡。上寫：「頃得老伯來信，亞杰有電回家，不日即乘飛機回渝，老伯囑你在城稍候幾日。」他坐著想了一想，照說老三和人照料貨車，應當是不會坐飛機回來的。不過他現在是和西門德博士合作，也許為了西門德的原故，要回來一趟，這就很好。自己正狐疑著，還是下鄉呢？還是在城裡再混幾天？現在可以借這個原故，定下決心了。今天下午，自然是見不著青萍，晚上或者可以在咖啡座上會到她。有了這個計劃，五點鐘以後，就開始忙起來。先到林宏業住的招待所去打聽了一趟，他出去了。接著到溫公館去一趟，問問區家二小姐回來了沒有，也是沒有回來。他是向溫公館傳達問話的。問過這話之後，特地表示一下自己的身分道：「我也姓區，我是二小姐兄弟。」於是慢吞吞地問道：「和她一路出去的黃小姐回來了沒有？」他覺著這樣的問著，是不會發生什麼漏洞。可是提到黃小姐，似乎人家就感到驚異，那傳達對他身上看過一遍之後，才答覆了五個字：「都沒有回來。」

亞英不能再有什麼辦法，可以打聽黃小姐，自己單獨的在小館子裡，吃過晚飯，便再到招待所。以為碰見二小姐的話，可以請她帶一個口信給青萍。二小姐來是來了，卻和宏業一路出去吃飯去了。亞英躊躇了一會子，慢慢地走出招待所，站在馬路邊的人行路上，向兩面張望了一下，他感覺到，心中有一種說不出的煩悶。可又不知道這煩悶從何而來。對馬路上來往的少女，免不了都看上一眼，尤其是孤獨著走路的女性，更覺得可以注意。他也知道，黃青萍絕不會一人在馬路上閒溜，可是在這野鶴閒雲，毫無捉處的時候，他情不自禁地，要到人叢中去尋覓。

他掏出掛表來看看，已是八點半鐘，以上咖啡館的時間而論，也許這時黃小姐已吃完了晚飯，她應酬已倦，是該輕鬆一陣了。有了這個念頭，自己也就直奔咖啡館來。這時咖啡館內電光雪亮，由滿座上的玻璃杯碟上反映出燈光來，西裝男子和燙頭髮抹口紅的女郎，在笑語喁喁的情況下，圍繞了各副座頭。這就是重慶咖啡館的趣味。少年人到了這種場合，自會引起一種興奮。這就不尋覓什麼黃小姐白小姐，也須找個位子坐坐。於是擠到最後一間火車座，靠了對外一張椅子上坐下。他向四周看了一看，並沒有黃小姐在內，自己還怕看得不確實，藉著脫大衣又站起向大茶廳周圍極注意的看了一看。在最後並不看到黃小姐的時候，在失意的情態中坐下。

這咖啡館的茶房，對於這些事是最能觀風色的。他已老遠的迎上前來，笑嘻嘻的低聲道：「你先生一位嗎？找哪一位？」亞英道：「那位黃青萍小姐，今天來過了嗎？」茶房笑道：「你等一會子吧，她還沒有來呢。她每天是必會到這裡來一趟，我們極熟。」他說這話時，臉上帶了一種會心的微笑，向亞英很快的看了一下。亞英也就帶著笑容坐下了。茶房送過來一杯檸檬茶之後，讓他消磨了十五分鐘，他又向茶房要了第二杯茶來喝著。

可是把第二杯茶喝過之後，黃小姐依然還不曾來，他覺得這樣一直等下去，有點近乎無聊，就叫茶房來會過了茶帳，緩緩的穿起大衣，緩緩的走出咖啡館。他以為這樣動作可以延長一些時候，也許等著了黃小姐的。然而他終於是失望，站在咖啡館門口，出了一會神，便向旅館走去。

但只走了十來步路，一輛汽車開到咖啡館門口停住。他情不自禁的注目看去時，一個男子先下來，接著一個摩登女郎後下來。這女子的身材，就是在眼光下留一個淺淺的影子都認得出來的，那正是等候已久，未曾等著的黃青萍小姐。且不問她的行為如何，早上坐著汽車，正午坐著人力包車，晚上又坐著汽車，這豈不是隨時受著不同主人的招待。一個青年女子，變成了這種流動形的交際，實在不妥。遠遠的看那男子，是一個高大的個兒，微彎了一隻手，扶著青萍越過馬路，向咖啡館裡走去。

亞英很覺得自己沒有權利，去干涉青萍的行動，自也不必走上前去和她打招呼，徒然引起大家的不快，於是微微的嘆口氣，低著頭走了。

第二天早上，亞英還是赴青萍之約，到廣東館子吃早點。青萍來得倒很早，一見亞英便熱情地和他握手。亞英在她對面椅子上坐下，笑道：「我深怕來晚了，趕著跑來的，昨晚上我見到你那張字條，覺得今天早上這個約會實在是好，如其不然，我一個人也會獨自來吃早茶的。」青萍把她面前自己用的茶杯斟了一杯茶，送到他面前，笑道：「年輕輕的人，活潑一點，別盡向苦悶那一條路上走呀！凡事總是樂觀才好。」亞英哈哈笑道：「你誤會了。我告訴你一個笑話，上次我和你談過的那個李狗子夫妻兩個，對我特別客氣，硬拉著我要我搬到他們家裡去住，我婉轉著道謝。他那位夫人竟是要到旅館裡來搬我的行李。我猜著他們今天早上必然會來，所以我就預備溜開來。」青萍道：「在經理公館裡住著，不比在旅館裡強的多嗎？你搬去好了。」亞英道：「第一，是我們約會感到不便。第二，他們那種識字有限的人，實在氣味不相投，終日盤桓，叫我和他們說些什麼呢？」青萍笑道：「你成了西天路上取經的唐僧了，一路的山妖水怪都要吃你這唐僧肉。我想那位李經理太太年紀很輕吧？」亞英不覺得兩隻手同時舉起，向她搖著笑道：「這話可不能開玩笑，李狗子雖沒有知識，倒是一個心直口快的朋友。」

這時茶房正陸續的向桌上送著點心碟子。青萍取了一個大包，兩手劈了開來，把裡面的雞肉餡子，翻了出來，翻落在面前空碟子裡。亞英道：「你不吃這餡子嗎？我曾遇到過這樣一位小姐，把大包子的肉餡兒剔了出來，光吃包子皮，這倒是無獨有偶了。」青萍也不說什麼，放下包子皮，將筷子夾了那雞肉餡兒送到亞英面前，笑道：「別糟踏了，你替我把這雞肉餡幾吃了吧。」

亞英當然不能辭謝，立刻端起面前的小碟子將餡兒盛著。青萍便吃了那包子皮，又舉起筷子陸續吃桌上那些碟子裡的點心。她看到亞英把那雞肉餡兒吃了，才含笑說道：「人的口胃相同，叫我吃下去，應該也是好吃的吧？」亞英笑道：「這情形就是這樣，在我覺得好吃，就有人覺得不好吃，甚至還有人厭惡。不過大家說是好吃的，總可以認為是好吃。」青萍道：「這話對了，不問雞肉是清燉，是紅燒，或者剁碎了作大包子餡兒，雞肉總還是雞肉，年輕女人會例外嗎？」亞英始而還沒有理會她的意思。及至她說到最後一句，這就明白了。哈哈笑道：「繞了這麼一個大彎子，多謝！多謝！」

說到這裡，他提起茶壺來慢慢的向杯子裡斟著茶，自然眼睛也看在茶杯裡。他低了聲音道：「我正等著一個很大的期待。」青萍看了他笑道：「大聲點說呀！讓我聽清楚一點。」亞英放下茶壺，且不喝茶，兩手交叉著，合抱了拳頭，將手肘橫了靠在桌沿上，很快的看了她一眼，然後又望到點心碟子裡去，臉色沉著了，還是用那不大高的聲音，答道：「我絕不是開玩笑，可是我又沒有那勇氣敢和你說。」青萍將面前一隻空茶杯子向桌子中心推了一推，也將手肘橫倚靠在桌沿上，向他笑道：「你就勇敢一點吧！碰了我的釘子，反正當面也沒有第三個人。」亞英道：「我覺得……」說著他扶起筷子來，夾了一塊馬拉糕，但他並不曾吃，將糕又在面前空碟子裡放下了，筷子比得齊齊的，手扶了筷子頭，因道：「抗戰已經幾個年頭了，我們青年……」青萍將手搖了兩下，笑道：「我們兩個人談話，哪裡還用得著自七七事變以來那一套抗戰八股？乾脆，你自己要怎麼樣？又打算要我怎麼樣？」亞英抬著眼皮看她一眼，覺得她顏色很自然，便道：「我自己沒有什麼可說的，我想勸勸你，可不可以把無味的應酬減少一點？」青萍先是微微一笑，然後說道：「對的，我要避免一切應酬了，不但是無味的應酬，就是有味的應酬，我也要避免，只是我有個等待。」

亞英聽到這裡，忽然省悟，起來將身子挺了一挺，因點著頭道：是的，你有一件事託我，我沒有替你辦。」青萍笑道：「你說的是要你對付那個姓曲的，只要他不來麻煩，我也就不睬他了。」亞英道：「那麼，他現在沒有來麻煩你？」青萍道：「你給我一支香菸吧。」

亞英在身上摸出菸卷盒子來給了她一支菸，她將兩個細嫩的手指，夾著紙菸，放在唇裡抿著，燃著了，一偏頭，噴出一口煙來，煙像一枝羽毛箭向前射出去。她然後微笑道：「他為什麼不來麻煩我？也許一會兒就會來麻煩我，這且不去管他。你打聽出來，他到底是什麼身分嗎？」亞英道：「打聽出來的，他不是你說的叫曲子誠，實在的名字是曲芝生。碰巧李狗子就和他有來往。」青萍對於這個訊息覺得很興奮似的，將身子一挺，望了他道：「那麼，你一定知道他的實在身分了。」亞英道：「據李狗子說，他在公司和銀行裡，都掛上了一個名，無非辦辦交際的事情，沒有什麼了不起。這姓曲的自己卻是很有手法，替文化機關辦了一個西餐食堂，開了一家五金號，又開了一家百貨店，這一切他自己都不出名，所以你打聽不出他究竟是哪家的老闆。為什麼不肯出名呢。據李狗子說，他真正的事業，原不在此，他自己有兩部車子，西跑昆明，東跑衡陽，而同時還和幾個有車子的人合作，他們手上操縱有大量的遊資。什麼貨賺錢，他們就運什麼進來。到了重慶，貨也不必存放，在市區裡郊外有好幾處住宅，暗暗的作了堆疊。他們這樣作，把一切納稅的義務，相當的都避免了。賺一個，是一個，所以在城裡開幾個字號，不過是作吐納的口子，與辦貨入口的幌子，必不得已，這才把字號拿出來，總而言之，他是一個游擊商人。」青萍斟了一杯茶端了慢慢的喝著，微笑道：「那麼，他不是社會上的一個好人。」亞英道：「我現在經商了。商人對於現在的社會，你看有什麼貢獻吧。他還是游擊商人呢，這是商界的一種病菌，沒有游擊商人，商界上要少發生很多問題。」青萍道：「那麼，你對於這一個游擊商人，是不同情的了。」

亞英對於這個姓曲的，本是無好惡於其間，若談到作生意，自己何嘗不是作生意，自己何嘗不是流浪商人。只是青萍所說，他屢次追求她，這很有點讓自己心裡不痛快。在不痛快之中，就情不自禁的拿出正義感來，向姓曲的攻擊了。他看到青萍臉上紅紅的，似乎是生氣，又似乎是害羞。她將舉起來的茶杯沿，輕輕地碰著自己的白牙齒，眼珠在長睫毛裡向桌面注視著。亞英道：「你不用沉吟，我同意你的辦法，懲這小子一下。」青萍眼珠一轉，放下了茶杯，向他低聲笑道：「別嚷呀！傻孩子。」說著她將皮鞋尖在桌子下面踢了兩踢亞英的腿。亞英在她這種驅使之下，比她明白韻指示去對付曲芝生，還要願意得多，便正了顏色道：「不開玩笑，我覺得對於這種人，用不著談什麼恕道，上次你寫給我那一張字條，你只指示了我的方針，並沒有指示我的方法。」

青萍微笑了一笑，又向周圍看了一看，笑道：「我怎好指示你什麼方法呢？我們的關係，不過是朋友而已，我還不能夠教你替我太犧牲了。」亞英道：「這是什麼話！朋友就不能替朋友犧牲嗎？」青萍點著頭笑道：「我若讓你自犧牲，那我太忍心害理了。」亞英也忍不住笑了，望了她，把頭靠在肩膀上，作個涎皮賴臉的樣子，因道：「你能說出這話，你就不會讓我白犧牲。」青萍笑道：「你很會說話，但是……」她端起茶杯來又喝了一口茶。亞英卻也不作聲，將筷子夾著碟子裡一塊杏仁酥，不斷的分開，把那杏仁酥，夾成了很多塊，青萍笑道：「誠然，我不會讓你白犧牲的。我給你一個很興奮的訊息，我可以……」亞英看她臉上帶一點笑容，眉毛微微揚著，透著有幾分喜意。亞英突然的將筷子放下來，兩手按了桌沿，瞪眼向她望著。她笑道：「你立刻興奮了，實在，你也是可以興奮的。」說著點了兩點頭道。「你鎮定一點，聽下去吧。我可以和你訂婚。」亞英果然心裡震動了一下，把身子向上一挺，但他立刻鎮定了，笑嘻嘻的望了她道：「你這話不會是開玩笑嗎？」她還端了那杯茶，慢慢的抿著，微笑道：「你相信，這婚姻大事，有開玩笑的嗎？自然也許有，可是你看我黃青萍為人，是把婚姻大事和人開玩笑的嗎？」

亞英只管笑著，手裡拿了茶杯，卻有點抖顫，望了這鮮花一樣的少女，卻說不出話來。青萍在茶杯沿上飄過眼光來，掃了他一下，將牙齒微微咬了下嘴唇，對茶杯注視了一會，因道：「這話我早就可以對你說。可是我想到你的家庭未必是歡迎我的，我不能不長期考慮一下。可是我又怕老不和你說明，你會感覺得希望太渺茫了。你以為我是傻子嗎？你老是向我表示著前途失望。」亞英嗤嗤的笑道：「我聽了這訊息，不知道要對你說些什麼是好。不過你既宣布了這個好訊息，哪一天定規這件事呢？」青萍道：「我說了，就算定規了，還另要什麼手續？」亞英道：「我應當奉獻你一個戒指吧？」青萍道：「我們不需要那些儀式……」她說了這句話，卻把尾音拖長了，又忽然笑著點頭道：「當然，要給我一枚戒指，我也會給你一枚，這隨便哪一天都可以。」說著，她回頭向茶房招了招手，把他叫過來，低聲問道：「你認得我？」茶房彎了一彎腰，笑道：「我們的老主顧，黃小姐！怎麼會不認識。」青萍道：「認得就好，你給我拿兩杯紅酒來，不要緊，我們一口就喝乾，不會和你招是非。」說著，她開啟手皮包，拿了幾張鈔票，交到那茶房手上，又道：「我有個條件，不能當紅茶送了來，一定要用小高腳杯子。我就是需要這點儀式。」

那茶房手裡捏著那捲鈔票，已沒有任何勇氣敢說一個不字，悄悄的走開了。亞英且看她怎麼樣，只是微笑，過一會，那茶房果然將一隻瓷盤，托著一條雪白的毛織手巾來。他將毛手巾一掀，下面是兩隻小小的高腳玻璃杯子，裡面盛著鮮紅的酒，他將酒杯在每人面前放下了一杯。看了兩人一下，退下去了。青萍舉著杯子笑道：「亞英，來呀！挑選日不如撞日，撞日不如今日，我們就舉行這簡單的儀式！」亞英望著她，瞇了雙眼笑，兩手按了桌沿，要站起來。看到她還是坐著，依然又坐了下去。青萍笑道：「鎮定一點，這還是婚姻的初步呢，舉起杯子來喝！」亞英心裡想著慚愧，我倒沒有她那樣老練，於是也顫巍巍的舉起杯子來。青萍看見紅酒在杯子裡面蕩漾，笑道：「你別忙，先喝一半。」說著伸過杯子來和亞英的杯子碰了一碰，然後喝了小半杯。就向他點個頭笑道：「還有這半杯，我們攙著喝吧。」亞英這才明白了她的意思。自是照著吩咐，將杯子送了出去。青萍就把自己這杯酒斟到亞英杯子裡來，然後舉著空杯子，讓他把酒再倒回去。

就在這個時候，聽到有一種尖銳的笑聲道：「黃小姐好哇！請客沒有我！」他們看時，西門太太後面跟著西門德博士，穿了一套畢挺的青嗶嘰西服，口袋上拖出黃澄澄的金錶鏈，手裡夾著一件呢大衣。這不由兩人不放下酒杯，前來迎接。西門德握住亞英的手道：「好嗎！人卻是發福了。」亞英笑道：「在小碼頭上勞動了幾個月，少吃了一點重慶的灰塵。」青萍也擠上前迎著老師。西門德拖開桌邊的椅子，一面坐下，一面望了桌上笑道：「居然有酒，可是又有酒無餚。」西門太太也坐下，見他兩人原是隔了桌子角坐的，又向酒看看，見酒杯裡只剩了一半，笑道：「我剛才看到你二位，把杯子裡酒、斟來斟去，這是什麼意思？」亞英笑道：「自然有一點意思，不過……他說到這裡，笑嘻嘻的望了青萍，把話頓住了。她笑道：搿你就說吧，老師師母也不是外人。」亞英這才笑嘻嘻的道：「博士來得正好，請都沒有這樣湊巧。請西門先生西門太太給我們作個證明人，我們現在訂婚。」西門太太拍著手叫起道：「好哇，這是二百四十分贊成的事。我們來得太巧了，我說呢，你們為什麼斟了兩杯酒，互相掉換著喝。原來是訂婚，賀喜賀喜。」西門德坐在旁邊只管皺著眉，望了太太，可是他不但不敢攔著太太，而且還在嘴角上故意透出了笑容。青萍了解他那意思，她笑道：「師母，請你原諒我。為了亞英家庭的關係，我們舉行著極簡單的儀式，請師母老師不要聲張。」西門太太想了一想搖頭道：「沒有問題，沒有問題，萬一有問題，我保險和你們疏通。不過你老早為什麼不通知我呢？」青萍將嘴向亞英一努，笑避：「就是他，我也是十分鐘前才通知的。」西門太太看看青萍，又看看亞英，只是不住的笑。

這時，茶房又送來兩小壺茶，青萍就問老師師母要吃什。麼點心。西門德措了桌上酒杯，笑道：「我們來得最恰當不過，你兩個人都把這酒喝了，把大典舉行完畢，我們再談話。」青萍便將一杯酒遞給了亞英，笑道：「當老師師母在這裡，我們乾了杯。」說著，自己也端起杯子來。亞英於是將杯子舉起來，靠了鼻尖，由杯子上透過眼光去，向了她笑。她也就一般的舉著杯子看看，然後相對著喝了。回過杯子口來照杯。

西門太太看著，只是笑不攏嘴。她一面提壺斟茶，一面向她先生道：「我們恭賀這小兩口兒一杯吧。」西門博士和太太作了一回小別，更現著親熱多了，太太的話沒有不遵之理，立刻照樣的斟著茶，夫妻雙雙舉著茶杯，向區黃二人微笑。他們二人也自是舉杯相陪。西門德笑道：「恭祝你二位前途幸福無量！」大家喝了一日茶，放下杯子。西門太太道：「我們老德真巧，遲不來，早不來，正遇到你們兩人喝交杯酒的時候就來了。這一分兒巧，比中儲蓄獎券的頭獎還要難上萬倍。」青萍提起西門太太面前的小茶壺，站起來向她杯子裡斟著茶，笑道：「師母，我敬你一杯茶，我敬領你的盛意了。」斟完了茶，坐下去，笑道：「老師回來，我一句也不曾問候，似乎不大妥當，應該讓我問候兩句。」西門德點頭笑道：「你不用問，我已經替你帶來了小意思，是百分之百的英國貨，絕非冒牌子的。說著在西服袋裡摸出幾樣東西來，兩手捧著交給了她。她看時，是一枝自來水筆，兩管口紅，兩瓶蔻丹，兩盒胭脂膏。青萍看了看上面的英文，雖不大認得，倫敦製造那點意思，卻還猜得出來，兩手捧了在胸前，靠了一靠，表示著欣慰感激的樣子，笑嘻嘻地向他道：我謝謝了！可是我是想問問老師在仰光的情形，並非一開口就要向老師討東西。」西門德道：「我是跟我太太學的，還是坐飛機回來的。無論是來自香港，或來自海防，或來自仰光，總得向人家討點化妝品。你還年輕呢，女人都是這樣，你會說個例外。」亞英插嘴道：「就是我也曉得，何況博士還是心理學家？」

這時茶房端了兩個盤子，送到桌上，一盤子是臘味拼盤，一盤子是鴨翅膀。西門太太一見，食指大動，也來不及用筷子，就右手兩個指頭鉗了一截翅膀送到嘴裡去咀嚼。亞英在桌子下面用腳輕輕踢了踢青萍兩下腿，笑著向西門德道：「博士是哪天到的，我老三呢？」博士道：「我是前兩天到昆明的，有點事情勾留了兩天，昨天下午到了重慶。今天一早就由南岸過來。我正是要來告訴你亞杰的訊息。他辛苦一點，押了車子回來，還有幾天才能到，不過他不會白辛苦，將來車子到了，我們當然要大大地酬勞他一下。黃小姐，他帶來的東西多，你要什麼舶來品，可以讓你挑。」

西門太太一連嚼了三截鹵翅膀，又扶起筷子來在臘味拼盤裡，夾了兩塊鹵肫咀嚼著，笑道：「這是新出鍋的滷味，好吃得很。黃小姐，你也愛吃這個？」青萍將嘴向亞英一努道：「是他趁師母說話的時候，悄悄地叫茶房送來的。他就很知道師母愛屹這個。」西門德伸著手拍了兩下亞英的肩膀笑道：「小兄弟，你成！你雖沒有學過心理學，我給你打上一百分了。」青萍笑道：「老師還是談談仰光的事吧，我急於要知道。」西門德道：「你還是要到仰光去運貨呢？還是要到哪裡去度蜜月？」青萍毫不感到羞澀，點了頭笑道：「也許兩者都有。」西門德道：「那很好，不久我也許要再去一趟。可以事先給你們布置布置。」

西門太太兩手都被鴨翅膀的滷汁弄髒了，她伸著十個指頭合不攏來。博士立刻在西服的小口袋裡，抽出一條花綢手絹，塞到太太手裡。黃小姐自信絕不肯小氣的，但像西門老師這樣拿了這樣貴重的舶來品，擦抹油膩，卻還是作不到的事。心裡這就想著，老師真闊綽了，這次由飛機飛回來，大概賺的錢不少，少是論百萬，多也許上了千萬。他若果發這樣大的洋財，那麼，和他同來的亞杰，也不會少賺錢。區家那個清寒的境況，大概會有點變化了，便笑道：「我有點事，恐怕要先走一步，今天下午我專誠去拜訪老師和師母。這一頓早點，請老師不必客氣，由亞英會東。」西門太太見她說著話，已拿起桌角上的手提皮包，大有就走之意，便道：「你們會東，我受了。可是你們剛剛訂了婚，應該在一處多盤桓一會子，為什麼你就要走開？」青萍拿了皮包，指著亞英道：「我有事要走，他知道的。也就是為了剛才的事，下午我們再談吧。」亞英倒不用她囑咐，就點著頭說：「她真有事。」於是她和大家點個頭先走了。亞英眼望到她走出了餐廳，卻也追了出去。

西門太太搖著頭，連連說了幾聲「奇怪奇怪」。博士道：「你覺得他們是不應當訂婚的嗎？」西門太太道：「不是不應當，青萍什麼有錢有勢的人都不肯嫁，怎麼會看上了亞英？就是看上了亞英，也不稀奇，何以事前一點訊息都沒有透露出來？你只聽她說，比我們來的以前早半小時，亞英也不曉得，這不是一件怪事嗎？我早知道她的，她常是玩弄男人。她不會玩弄亞英吧？」

博士想再問兩句話，亞英已是帶了笑容大步伐走回座位來。西門太太又將手指了一隻鴨翅膀吃著，望了他微笑。博士笑道：「二世兄。你很得意吧？這樣一個美貌多才的小姐，重慶市上有多少！」亞英道：「這實在是我出於意料的事。照說，她不會看得起我，不過我有點自信的，就是我待人很誠懇。說什麼就是什麼，不說什麼，也不會做什麼。」西門太太搖了搖頭道：「你這話有點靠不住。比如我並沒有聽到你說請我吃鴨翅膀，怎麼會送了這兩盤子東西到桌上來呢？」亞英道：「那我是一番敬意。」她笑道：「我也沒有說你是惡意。這也不管它了。青萍是我學生，你是我老賢姪，我們沒有不願意你們合夥之理。只是你應當知道青萍這孩子調皮得很，你若是和她鬥法，你落到她迷魂陣裡，你還不知道是怎樣落進去的呢。你說用誠懇的態度對付她，那是對的。只是怕你誠懇得不徹底，那就不好辦。依著我的意思，你最好到南岸我家裡去，和我們作一次談話。並非我們多管閒事，你不是請了我們作證明人來著嗎？」她的話是對亞英說的，可是她的眼光，就望著了她丈夫。西門博士道：「對的對的，我們要設法提早完成你們這件好事。青萍不是今天下午要到我那裡去嗎？你可以明天上午到我那裡去，順便算是接她回來。也不僅僅關於你的婚事，這一趟仰光，無論賺錢不賺錢，我跑出了許多見識，我們應當商量個在大後方永久生存的辦法。據現在看來，抗戰一時還不結束，我們知道什麼時候能到故鄉去吃老米。」亞英道：「我正也有這點感想，那麼，我一定去。」說著，伸出手來搔了兩搔頭髮，呆了眼睛向西門夫婦笑道：「最好請兩位證明人把話說得婉轉一點。」西門德伸了巴掌，只管拍他的肩膀笑道：你放一百廿四個心，我們絕不耽誤你的事。

亞英大喜過望之後，心裡也就想著青萍，這次突然的答應訂婚，實在有些不能理解。這件事像作個夢一樣，未免解決得太容易了。他在喜歡之後，心裡發生著疑問，就也很願意有人從中敦促成功。這就想到天下事，這樣的巧，由仰光飛來一個博士，就在兩人喝交杯酒那一分鐘內來到。若是這證明人真可作個有力的證明的話，這不能不說是命裡注定了的姻緣了。他在西門夫婦面前坐著，一直在想這段心事，他手上拿了一隻空茶杯，就只管轉弄著。西門太太笑道：「仙女都到手了，你還有什麼事要出神的！」西門德笑道：「這叫做躊躇滿志，也叫既得之，患失之。」亞英也就哈哈一笑。這時，西門夫婦在一個發洋財的階段中，自然是十分高興。亞英這分滋味，比發洋財還要高興，也是在臉上繃不住笑容。他覺得應當到幾個極關切的地方去把這喜訊透露一下，但是立刻就想到這喜訊應當先向哪一方透露，最後想到黃小姐是不願聲張的，正不知她葫蘆裡賣著什麼藥，若是糊裡糊塗把這事公開出來，把事情弄僵了，倒叫自己下不了台。他心裡來回想著，倒把自己難住了，不知向哪裡去好。西門太太有這碟鹵鴨翅膀，放在面前，她也是越嚼越有味，簡直坐著忘了走，還是博士提議，要去買幾張後天票友大會串的榮譽券，方才盡歡而散。

亞英會過東，走出餐廳，站在街邊人行路上，覺得街面都加寬了幾尺，為什麼有了這樣的感覺，自己也是說不出來。看到路上的車輛行人像流水般來往，心裡也就想著在重慶的人，全是這樣忙，那都為著什麼，自己好像是另外一個世界的人。今天特別悠閒。其實說，今天悠閒嗎？心裡卻又像擱住了一件事似的，老忙著，不知道怎樣是好。既然是身子閒著，心裡忙著，到哪裡去也是坐不定，索性去連看日夜兩場電影。他把一天的光陰這樣消磨著。晚上次到旅館裡去安歇時，人已經疲勞不堪，展開被褥來睡覺，卻比任何一次睡得安穩。直睡到次日天色大亮方才醒來。

這天是有事情可作的，西門德先生約了去談話，尤其是第一次榮任迎接夫婚妻的專使，特別感到興奮。他漱口洗臉之後，早點也不吃，就過江來。西門公館的路線早已打聽得很明白，順了方向走去，遠遠看到山半腰萬綠叢中一幢牙黃色磚牆的洋樓，有人指點就是那裡。心裡先就想著：原來西門德住在南岸，有這樣好的地方，怪不得他家老早鬧著房屋糾紛，而他並沒有搬走的意思了。心裡想著，便望了那裡，順著山坡一步一步走去。卻聽到身後有吆喝著的聲音跟了過來，回頭看時有四五個腳伕，挑著盆景的茶花，閃著竹扁擔，滿頭是汗。因為那花本有三四尺高，花盆子也就很大，所以挑著的人非常感到吃力。有個白髮老頭子，肩上扛了大半口袋米，也雜在挑子縫裡走，他似乎有點吃力，閃在路邊站定，將米口袋放在崖石上，掀起破藍布衣襟，擦著頭上的汗珠。他望了挑花盆的人，嘆口氣道：「這年頭兒，別說國難當頭，有人苦似黃連，也真有人甜似蜜，真有這大勁頭子，把這樣整大盆的花向山上挑，我就出不起這份力錢，找個夫子給扛一扛米。」亞英聽他說的是一口北方話，倒引起了注意，便也站住了腳，向他看了一眼。這位老人家也許是一肚子苦悶，脹得太飽了，簡直是一觸即發，卻手摸了小八字須，向亞英點了個頭道：「我說的倒是真話，有錢人花的錢，還不都是苦人頭上榨出來的。譬如說，我這口袋裡的米吧，若不是囤糧食的主兒，死命的扒著不肯放，哪會漲到這個樣兒。我們現在第一項，受不了的開支，就是買米吃，為了在米上打主意，什麼法兒都想盡了。」

亞英見老人家這樣和他說話，又看到他一大把年紀，扛了米爬坡，這情形很夠同情，便道：老人家，你是北方人嗎？他點著頭道：談起來，路有天高，黑龍江人，亡了省啦。這麼大歲數，真不知道有老命回去沒有。兩個孩子都是公務員，他們來了，扶老攜幼的，大家也就全來了四川。家十幾口，分的平價米就不夠吃，就是這不夠吃的米，還得渡了江又爬山，才能背了回去。」亞英道：「府上還有很遠嗎？」老人搖搖頭道：「談什麼府上？上面山窩裡一架小茅棚兒就是。我左右對面的鄰居，倒全是財神爺，人比著人真難過。你不看見剛才挑茶花上去嗎？這就是一位新財神爺買的。他前幾個才由天上飛回來，一趟仰光，大概賺下好幾百萬，錢多了沒法兒花，把這些不能吃，又不能喝的玩意兒挑回去，有這個錢，幫幫窮人的忙多好！」他說著不住的搖頭，手提了口袋梢紐著的布疙瘩顛了兩顛。亞英道：「老先生，我們同路，這小口袋我替你背一肩吧。」老人聽著，向他身上穿的海勃絨大衣，看了看笑道：「那怎麼敢當。」亞英道：沒關係，年輕的人出點力氣，只當運動運動。」說著，也不徵求老人同意，把那一袋米提了過來，就扛在肩上。

這老人正也是提不動，既有這樣的好人和他幫忙，也就無須過於客氣，便跟隨在後面道：「那我真是感激萬分。這世界上到底還是好人不少。」亞英一直把米袋提到山埡口上，要分路向西門德家去，才交還那老人。他走的這條路，也就是那挑茶花人走的路。這才曉得老人說由仰光飛回來的新財神爺，就指的是西門德。心想他前天才回來，怎麼招搖得附近鄰居都知道他發財了，這事未免與他不利。就這樣想時，四個人由後面趕上來，前面兩個是挑著食盒，上有字寫明了「五湖春餐廳」，其後兩個人，卻抬了一張圓桌面，並不有點躊躇，直接的走向西門德住的那樓房裡去。他想，這個樣子是他們要大請其客了。這倒是自己來的不巧，好在是博士約的，總不會來得唐突，這樣想著，也就坦然的走進西門公館，果然的，樓下院壩子裡擺了滿地的盆景。西門太太手裡抓了一大把紙包糖果，靠在樓欄杆邊望了樓下面幾個腳伕安排花盆，嘴唇動著，自然在咀嚼糖果。一個女傭人提了一隻完整的火腿，正向樓下走。西門博士手裡夾著半截雪茄，指點她道：「你先切一塊來，用熱水洗乾淨了，再用盆子盛著蒸，蒸熟了，再細切。」說時一回頭看到亞英，招招手笑道：「快來吧，我有好咖啡，馬上熬了來喝。並且預備下火腿三明治，這樣早，你沒有吃早點吧？黃小姐昨晚睡在這裡，現在還沒有起床呢。」

亞英一面上樓，一面就想著，只看他這份兒小享受，由仰光飛回來，比由重慶坐長途巴士出去的時候，大為不同，這怎能不教人想作進出口商人呢？他一面想著，一面向樓上走。這樓梯今天也開了光，洗刷得乾淨。由最下一層起，鋪著麻索織的地毯，直到樓廊上，因之人走進來，並沒有一點聲音。他們家那個劉嫂，也是喜氣迎人的向下走，兩手捧了一個咖啡罐子，她把左手的長袖，捲起了一截，露出新帶著的一隻手錶，看見亞英，便抬起手來看了看錶，笑道：「才八點多鐘，來得好早。」亞英心裡十分明白她這句話的意思，也只有報之一笑。

魍魎世界——社會經濟動態，受著一群人渣的影響

作　　者：張恨水
發 行 人：黃振庭
出 版 者：複刻文化事業有限公司
發 行 者：複刻文化事業有限公司

E-mail：sonbookservice@gmail.com
粉 絲 頁：https://www.facebook.com/sonbookss/
網　　址：https://sonbook.net/
地　　址：台北市中正區重慶南路一段六十一號八樓 815 室
Rm. 815, 8F., No.61, Sec. 1, Chongqing S. Rd., Zhongzheng Dist., Taipei City 100, Taiwan
電　　話：(02)2370-3310
傳　　真：(02)2388-1990

印　　刷：京峯數位服務有限公司
律師顧問：廣華律師事務所 張珮琦律師
定　　價：250 元
發行日期：2024 年 01 月第一版
◎本書以 POD 印製

國家圖書館出版品預行編目資料

魍魎世界——社會經濟動態，受著一群人渣的影響 / 張恨水 著 . -- 第一版 . -- 臺北市：複刻文化事業有限公司 , 2024.01
面；　公分
POD 版
ISBN 978-626-7426-25-8(平裝)
857.7　　112022181

電子書購買

臉書

爽讀 APP